s j ce wi.

mu

ch

rhr

vx r

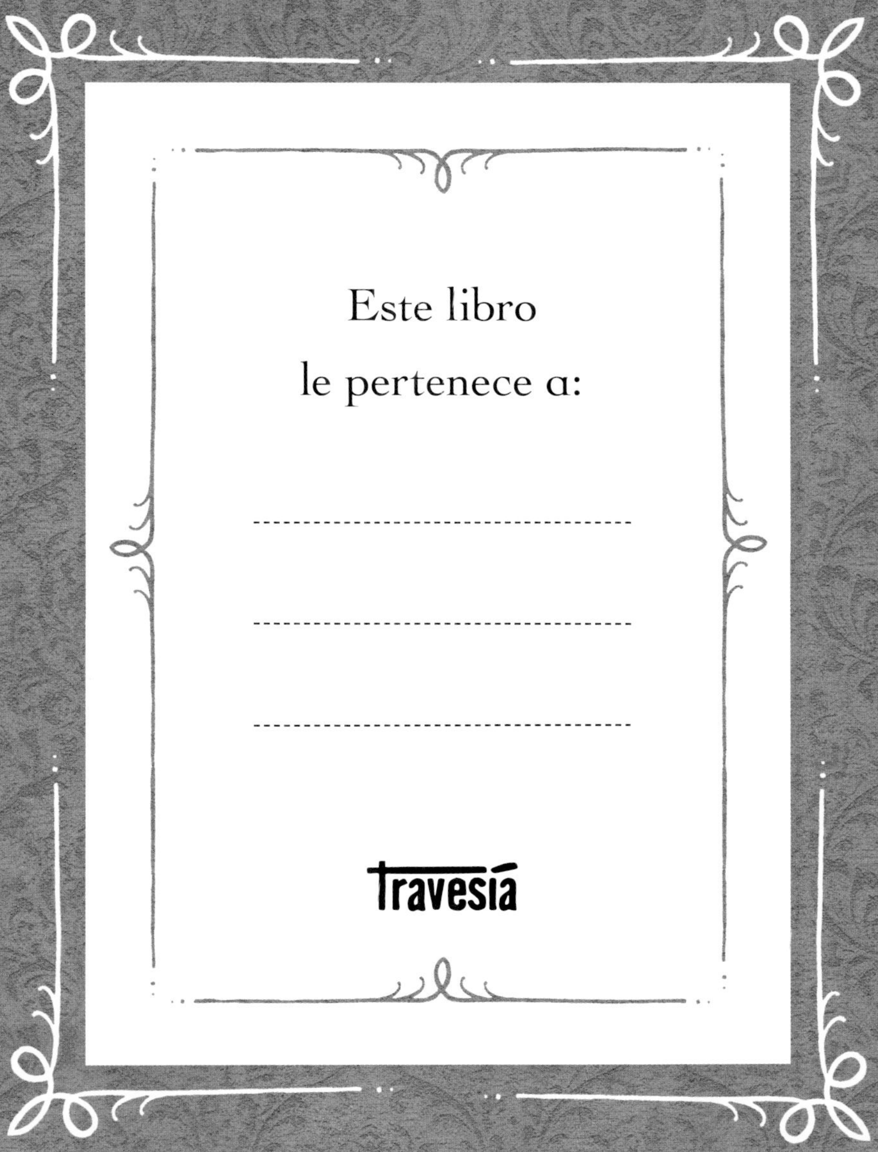
Este libro
le pertenece a:
travesía

Para Autumn
Que estos cuentos diminutos te inspiren y deleiten
J.C.

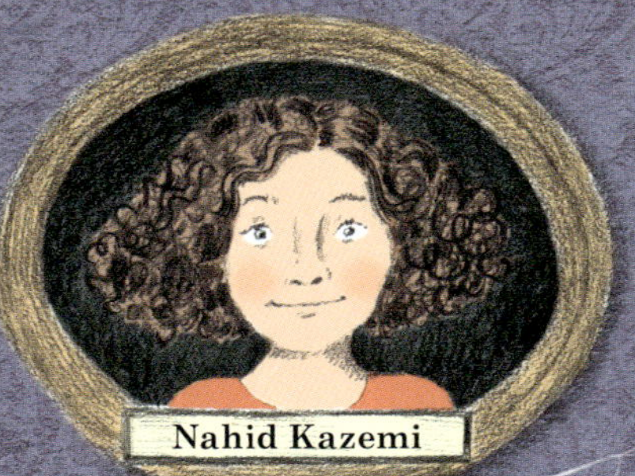

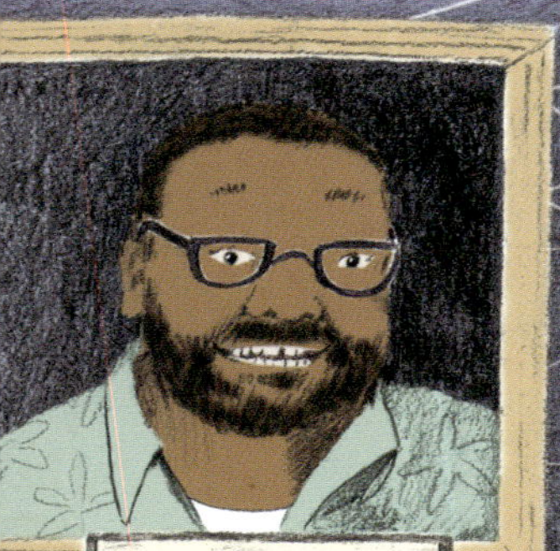

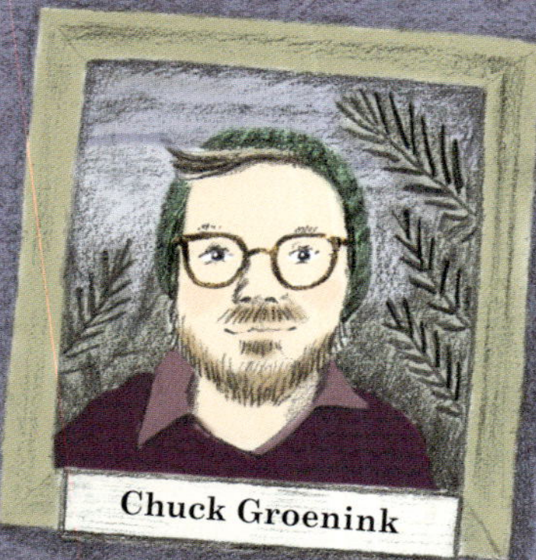

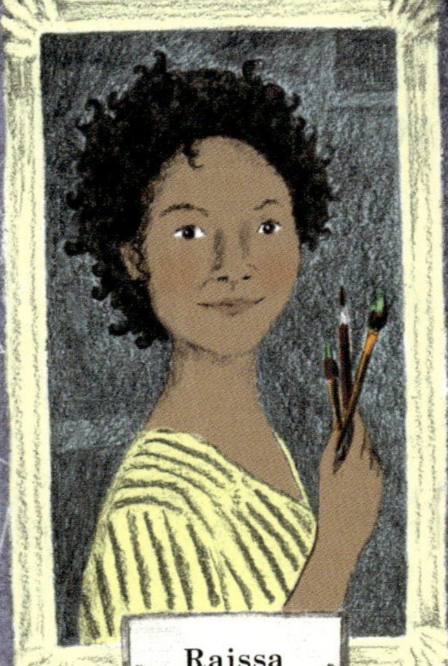

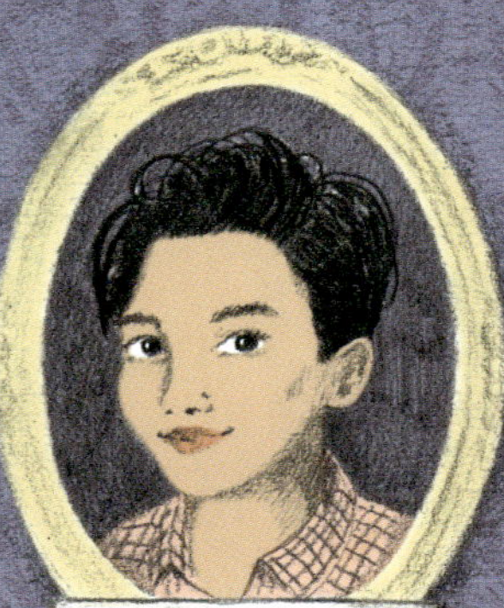

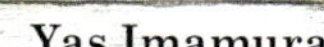

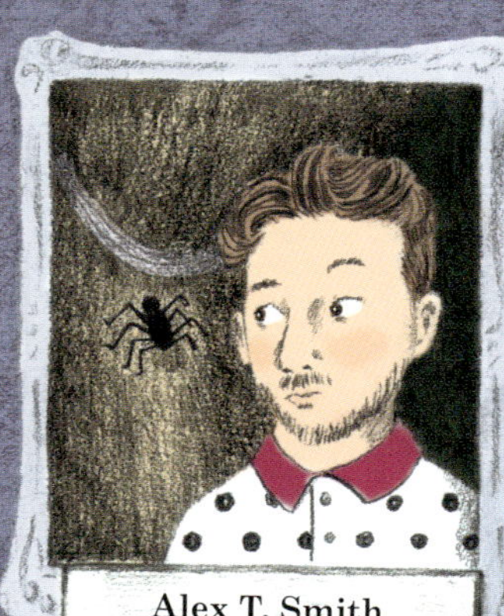

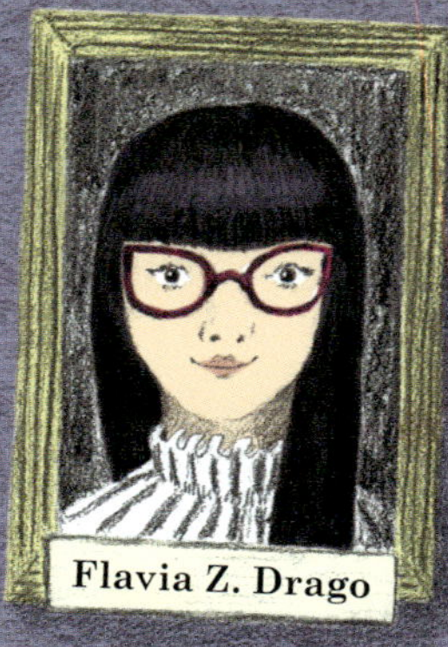

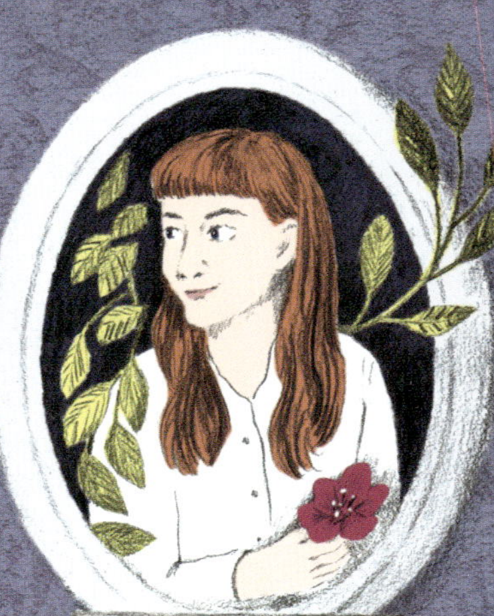

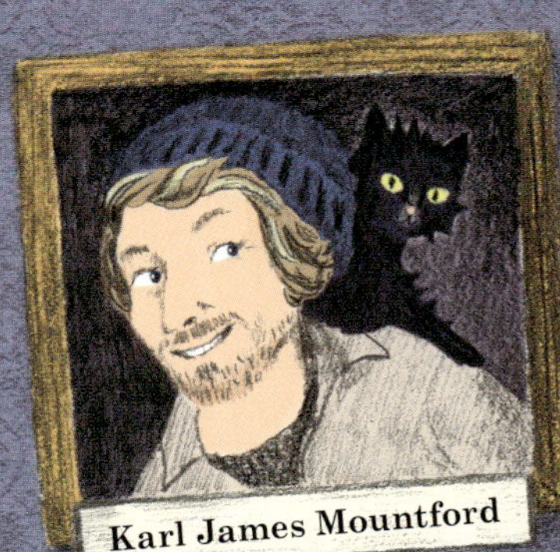

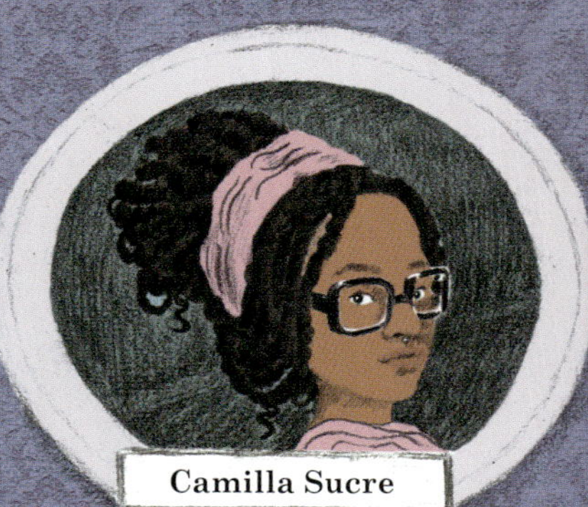

Título original: *Ten-Word Tiny Tales*

Traducción: Pilar Armida

Esta edición se publicó según acuerdo con Walker Books Limited, Londres, SE11 5HJ

Primera edición: 2025
ISBN: 978-607-584-010-9
Depósito legal: B 7577-2025

IMPRESO EN ESPAÑA / *PRINTED IN SPAIN*

9005926010425

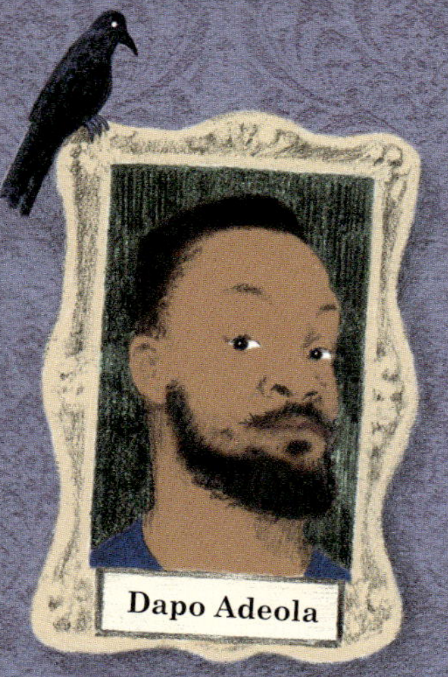

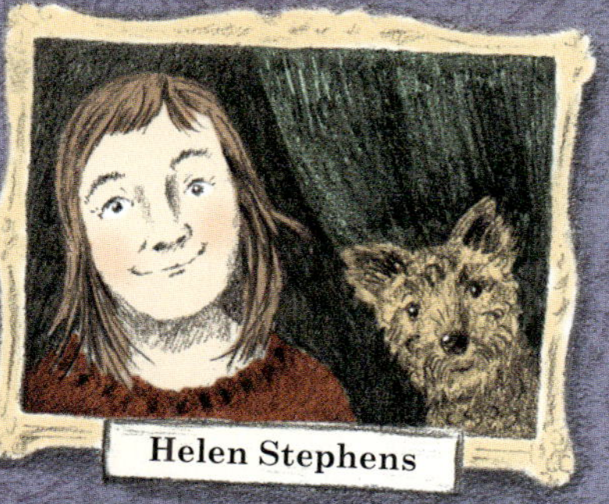

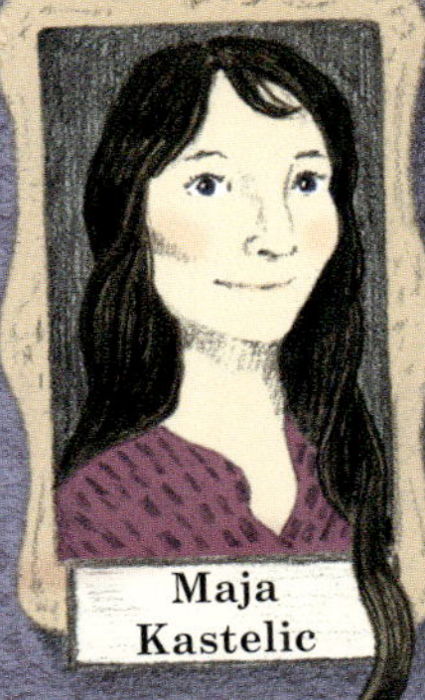

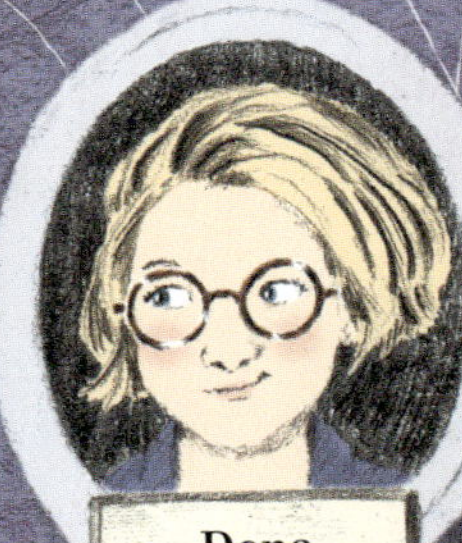

Cuentos diminutos

Joseph Coelho y amigos

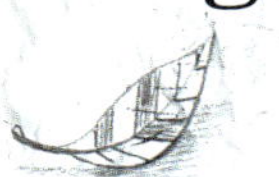

con ilustraciones de...

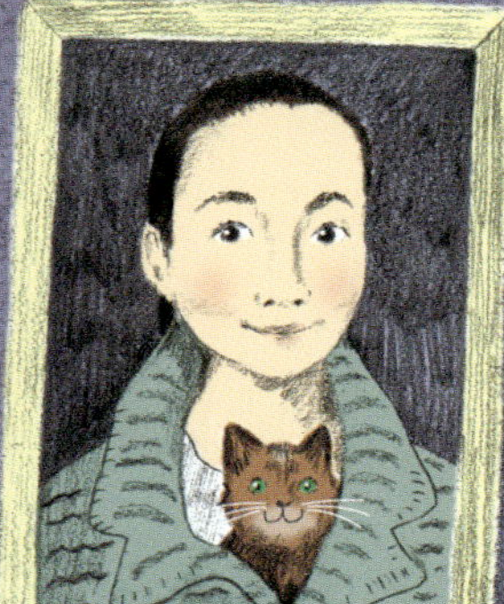

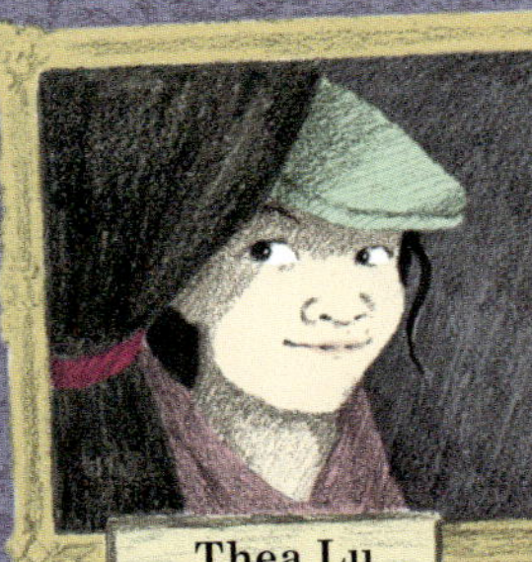

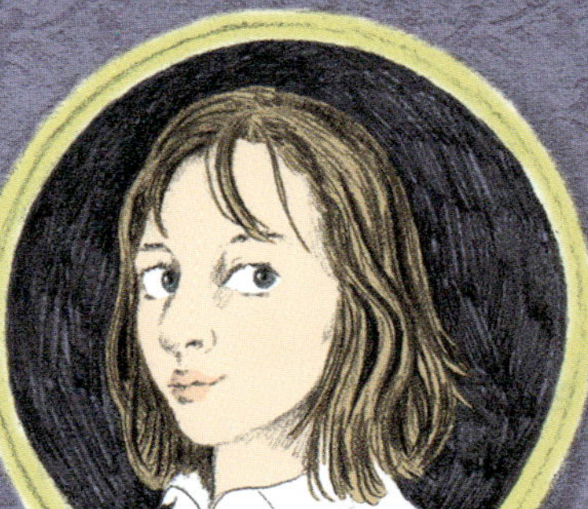

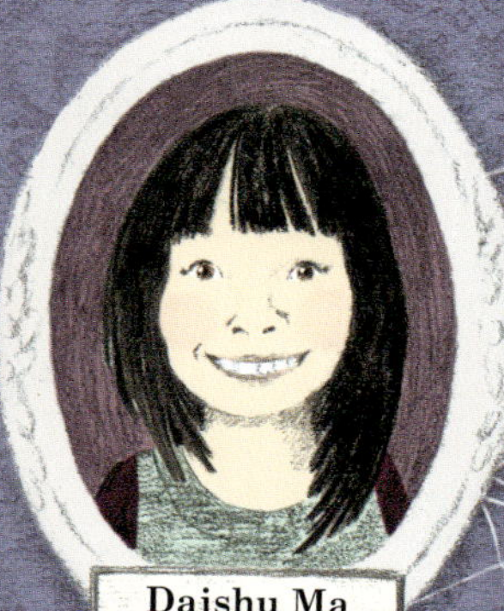

Travesía

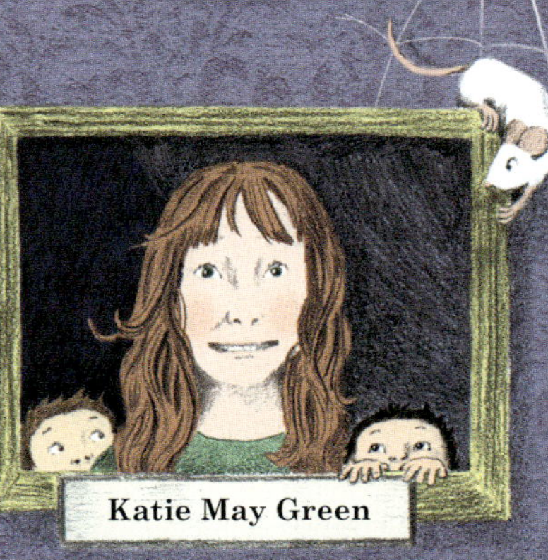

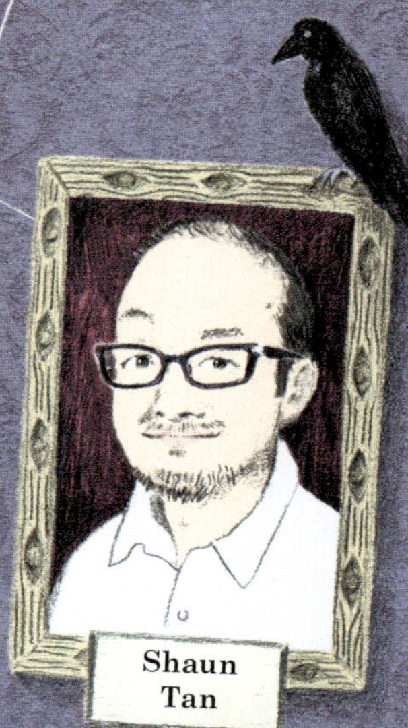

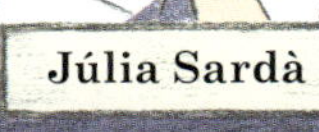

Retratos e imágenes sobre el proceso de creación literaria de Katie May Green

Una verdadera crónica de cómo surgieron ¡los cuentos diminutos!

Hola, queridos lectores. Me llamo Joseph y soy escritor. Así me encontraron estos cuentos diminutos, que sólo cuentan con diez palabras.

Descubrí el primer cuento de diez palabras en un autobús, en un papel amarillento.

Él aparece en todas mis fotos, en las sombras, sonriendo

Recibí el segundo cuento de diez palabras mientras caminaba en un parque. Llegó revoloteando, escrito en la hoja de un árbol:

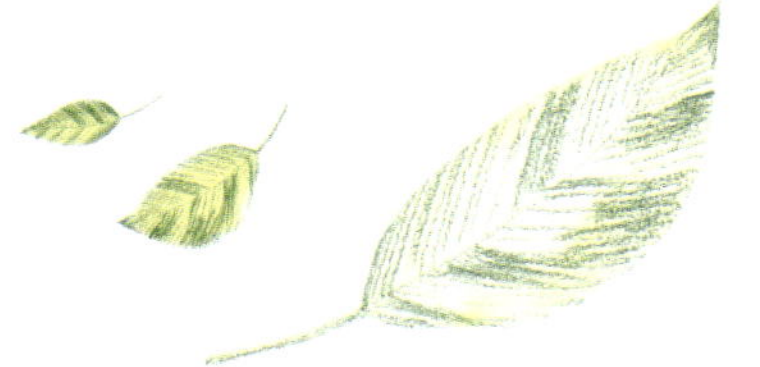

LAS TRES VITRINAS VACÍAS DEL MUSEO TIENEN ESCRITO MI NOMBRE

Y fue entonces cuando miré hacia arriba y vi algo entre las nubes...

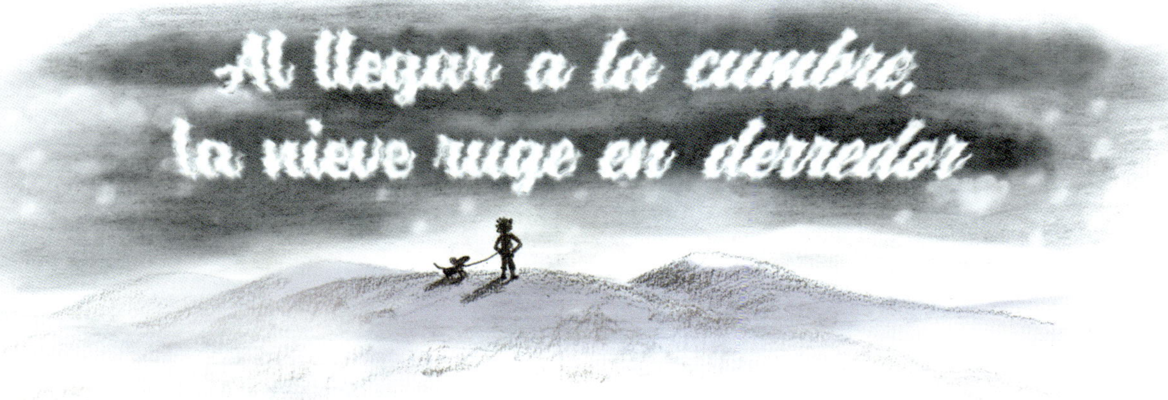

Las palabras permanecieron el tiempo suficiente para que sacara mi pluma y las anotara. Desde entonces, empecé a cazar historias. "Debe haber una razón", pensé, "por la que sólo yo reciba estos mensajes desde el más allá".
Y entonces lo entendí...

¡Los cuentos estaban en busca de un hogar! Así que los recolecté uno a uno y les pedí a algunos de los mejores ilustradores de nuestra dimensión que abrieran una ventana para mostrarnos qué aspecto podría tener cada relato.

Estos cuentos son breves porque sólo los más diminutos pueden sobrevivir al viaje cósmico de una dimensión a otra, donde han perdido sus párrafos serpenteantes, sus giros y vueltas, a sus héroes inspiradores y a sus brutales villanos. Una vez aquí, necesitan instalarse y, como semillas, crecer. Así que espero que tú, querido lector, los leas y, con la ayuda de tu pluma, les des nuevos comienzos, desenlaces e intermedios. Sólo así podrán estos cuentos recuperar toda su gloria.

Pero ten cuidado. Éstos no son cuentos cursis ni empalagosos; no, ¡son cuentos con garra y colmillo! Así que, si decides desarrollar uno de estos cuentos, hazlo con cautela. Quién sabe qué historias atroces podrías dejar en libertad...

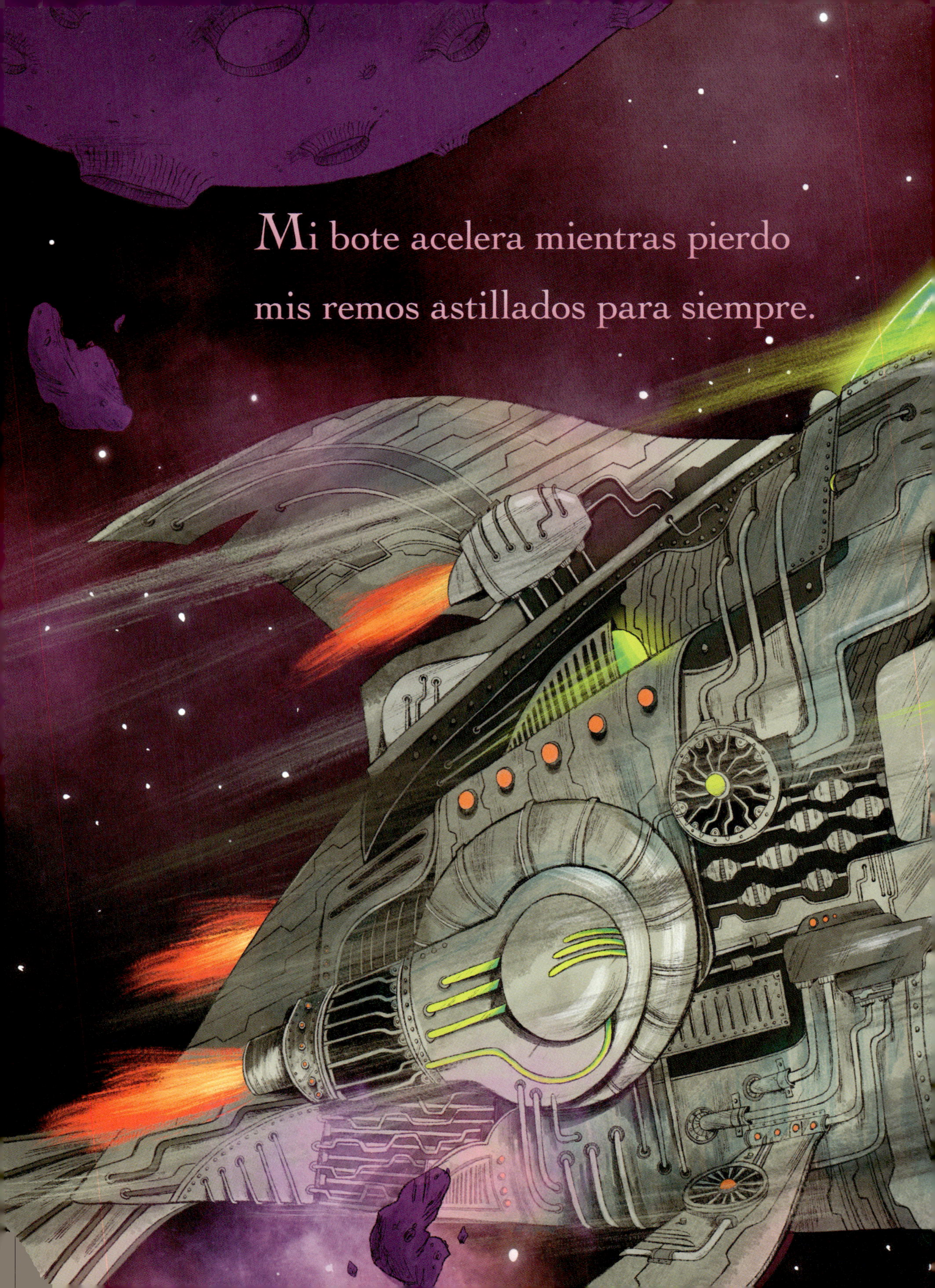

Mi bote acelera mientras pierdo
mis remos astillados para siempre.

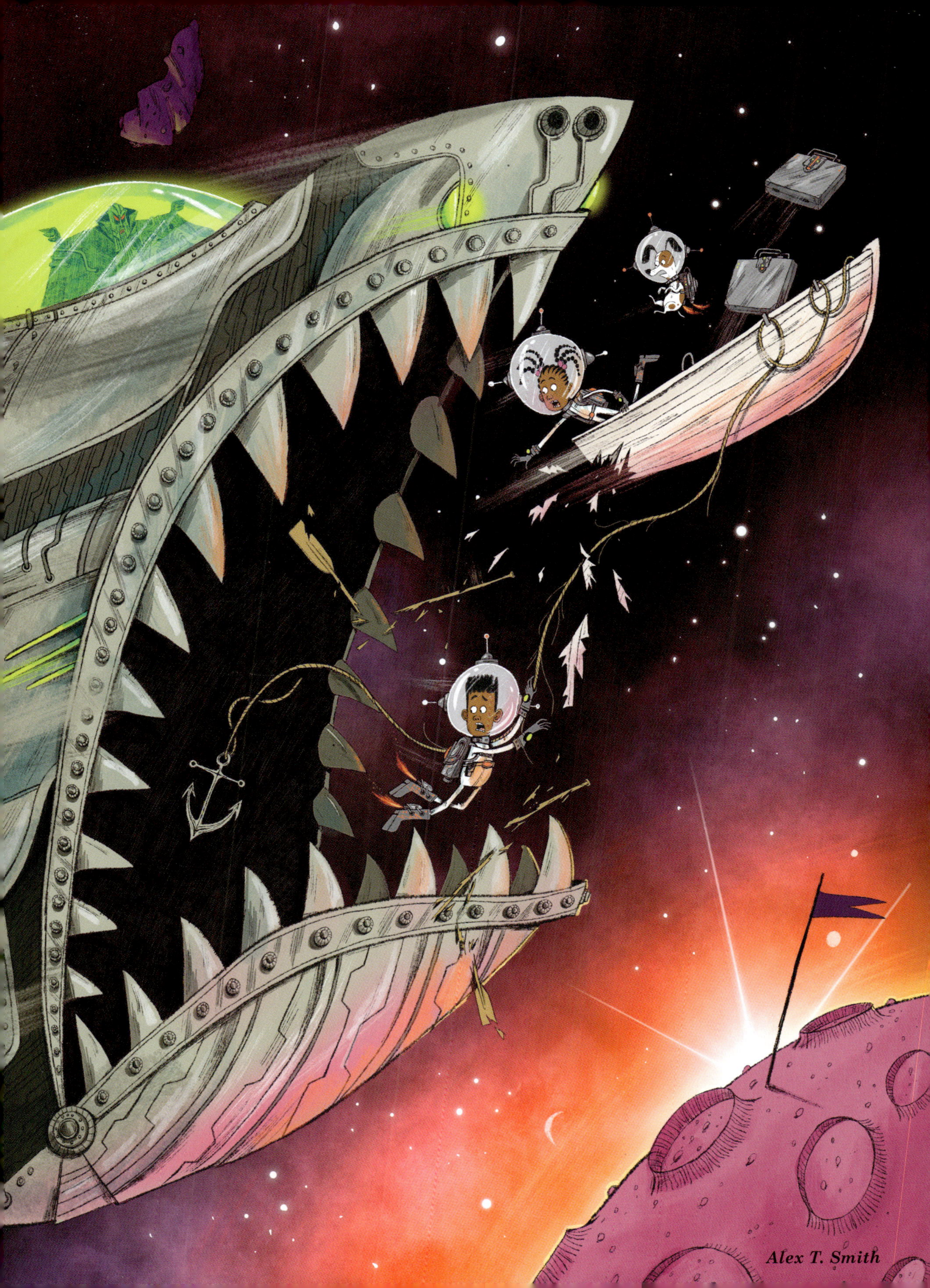
Alex T. Smith

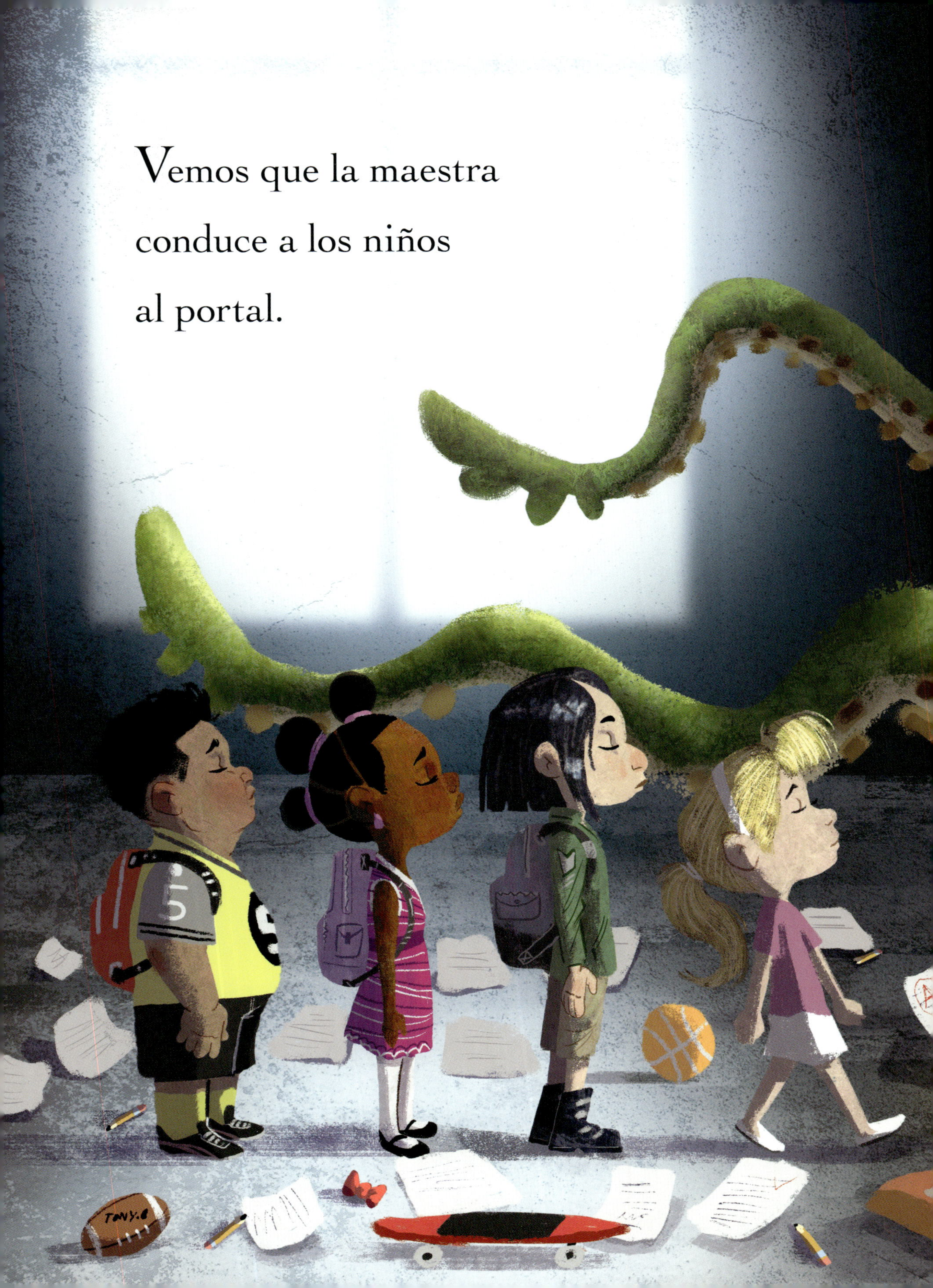

Vemos que la maestra
conduce a los niños
al portal.

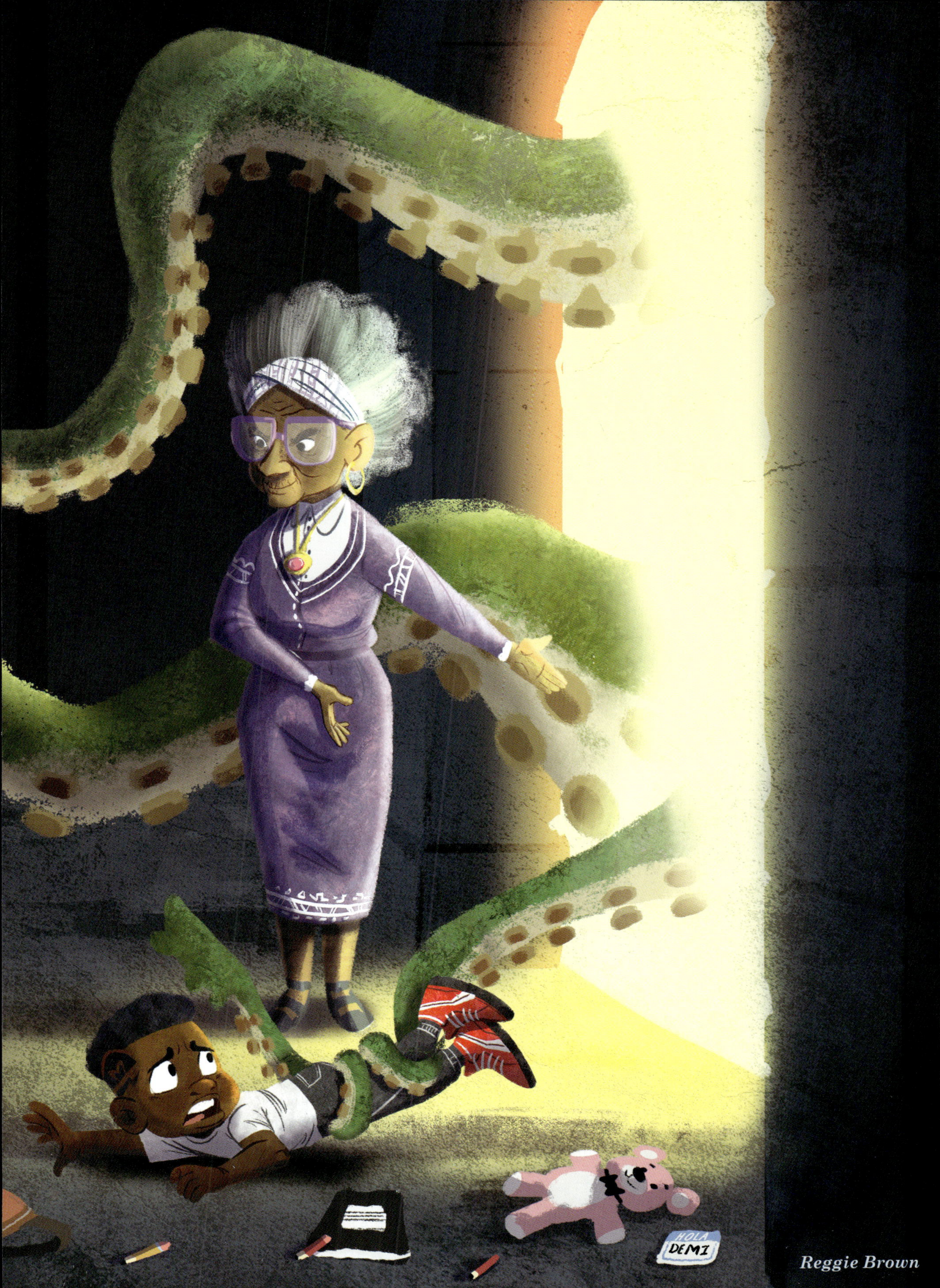

Reggie Brown

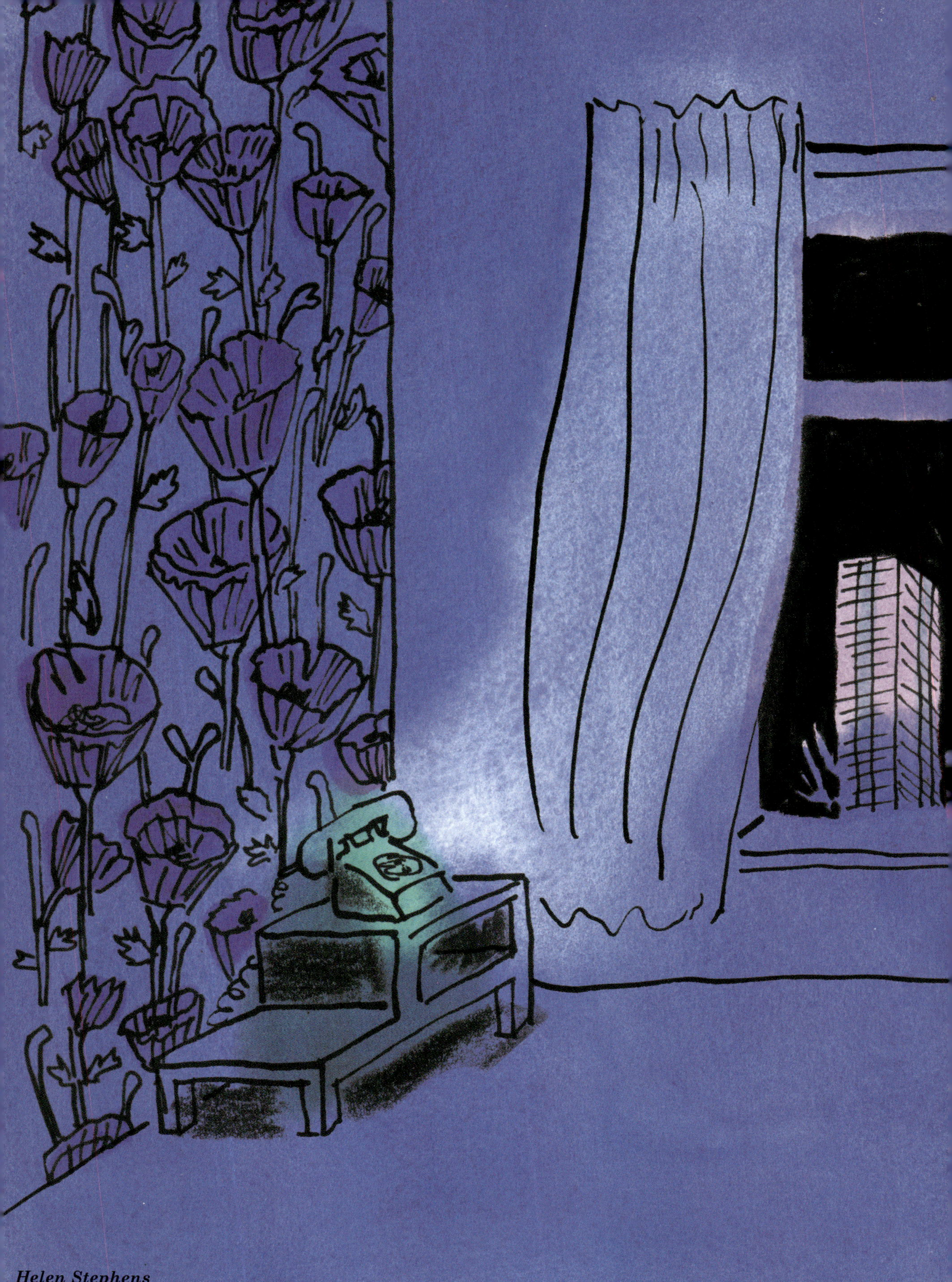

Helen Stephens

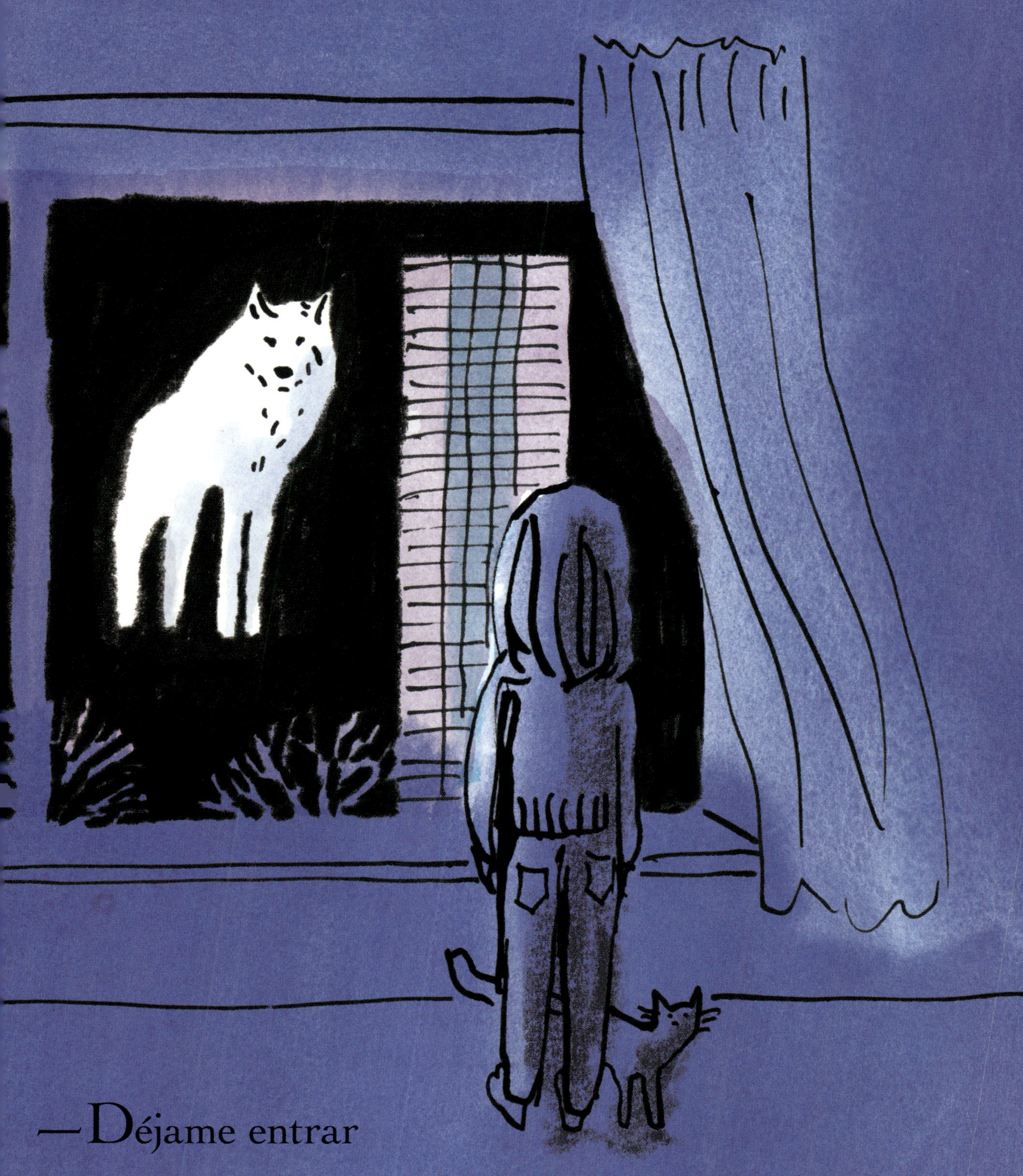

—Déjame entrar

—dice ella, por la ventana del décimo piso.

La radiografía revela
que todos mis huesos
tienen algo escrito.

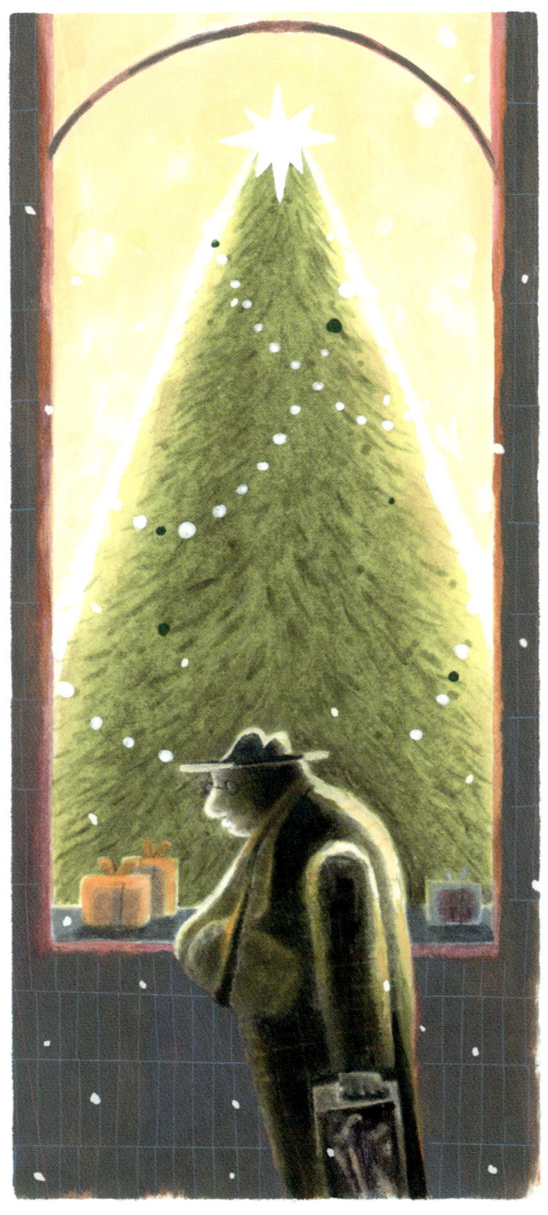

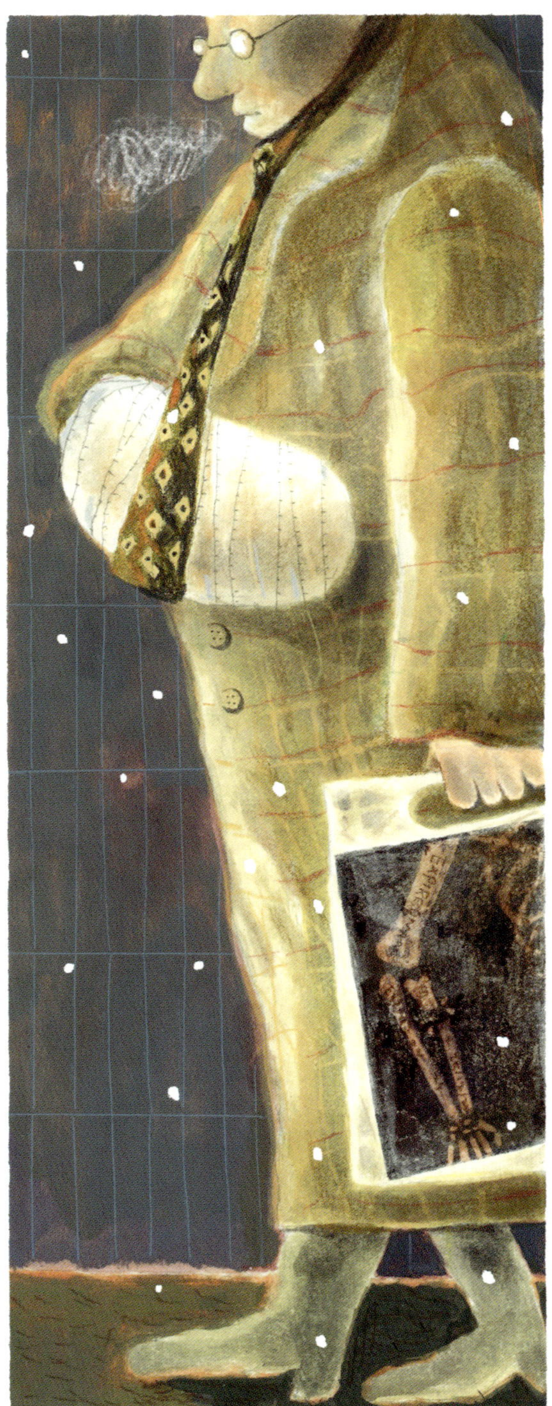

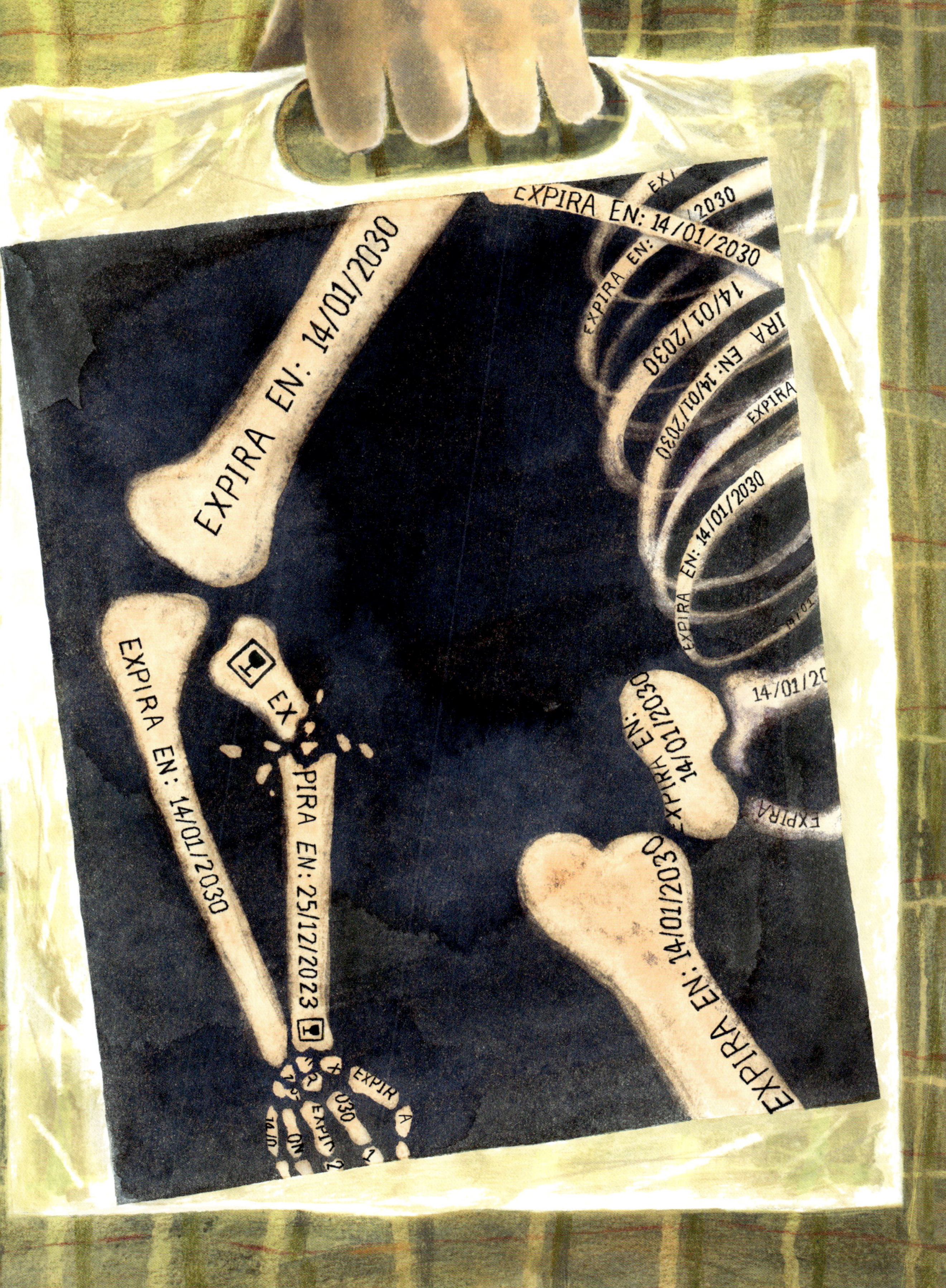
EXPIRA EN: 14/01/2030
EXPIRA EN: 14/01/2030
EXPIRA EN: 14/01/2030
PIRA EN: 25/12/2023
EXPIRA EN: 14/01/2030
EXPIRA EN: 14/01/2030

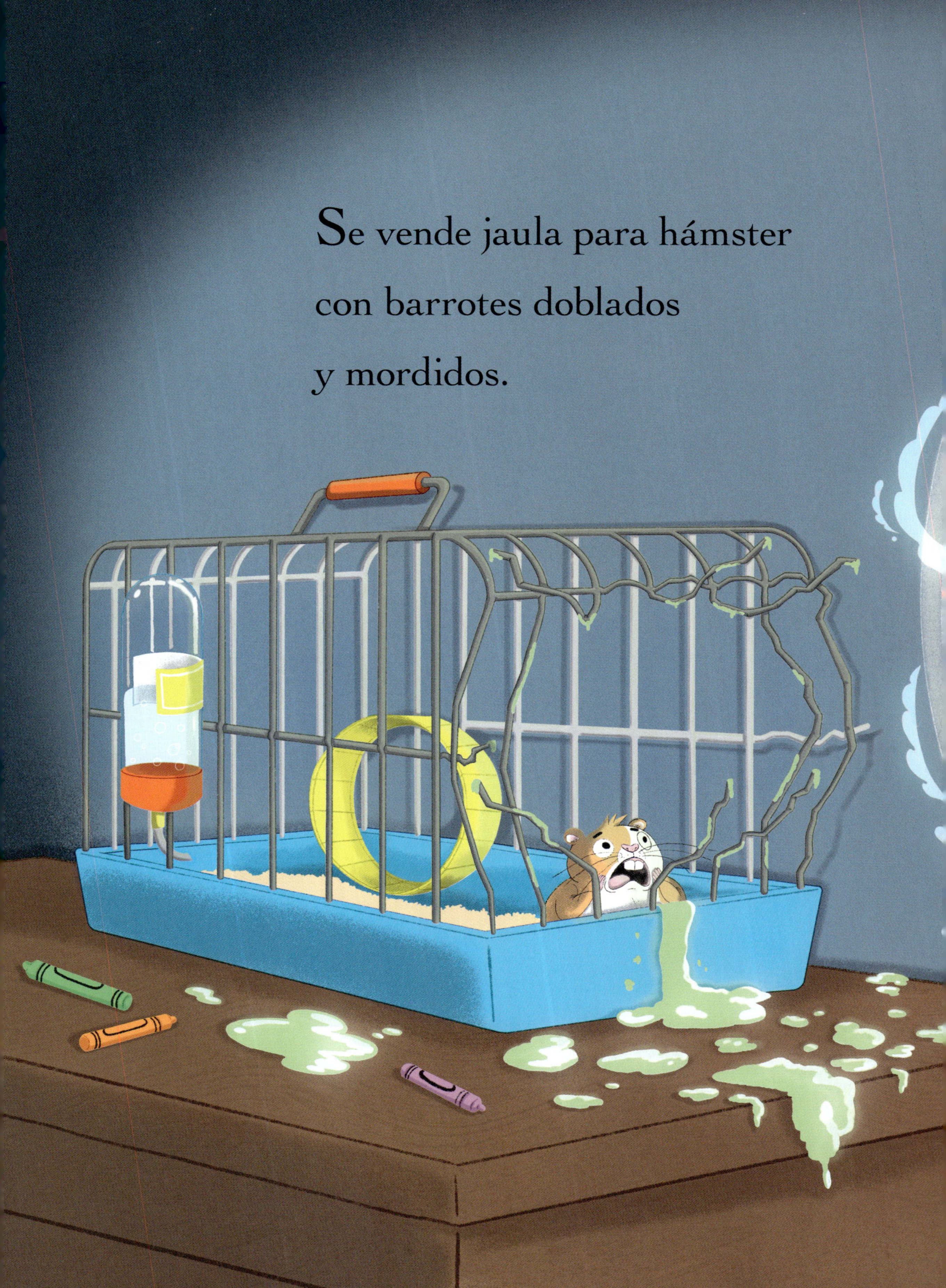

Se vende jaula para hámster
con barrotes doblados
y mordidos.

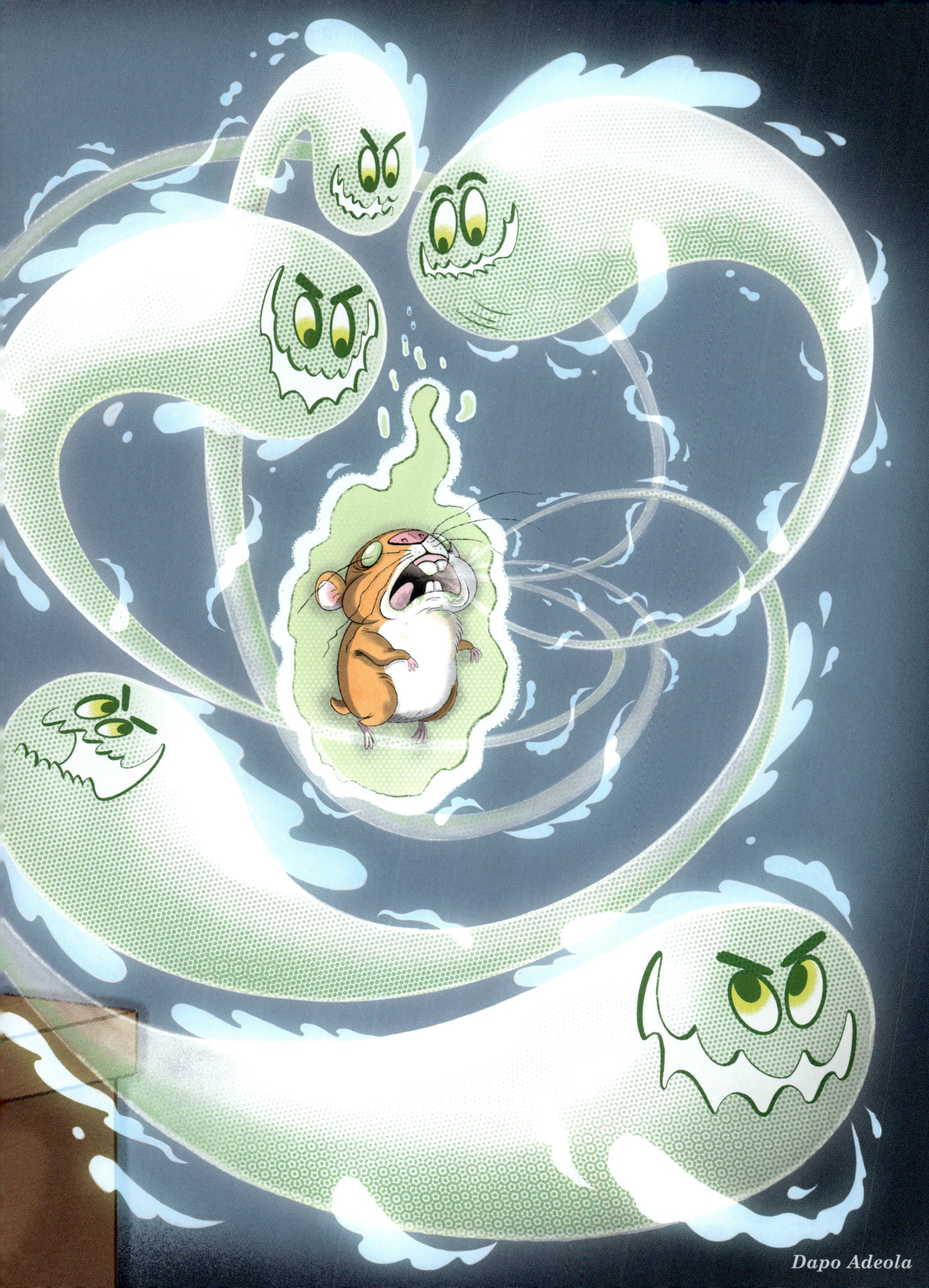
Dapo Adeola

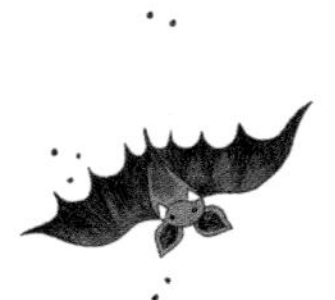

El segundo gigante
emergió con estruendo de
los acantilados blancos.

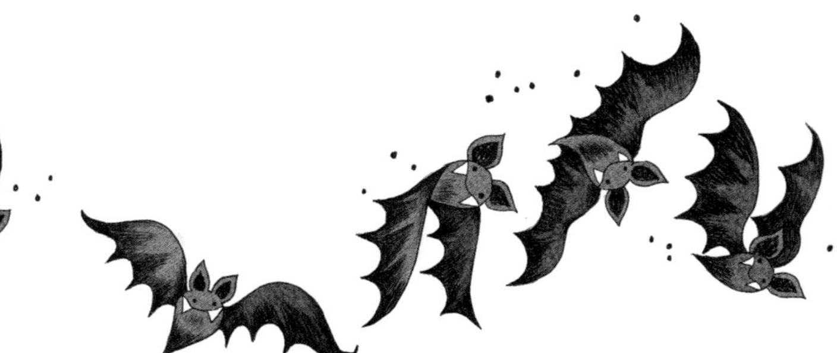

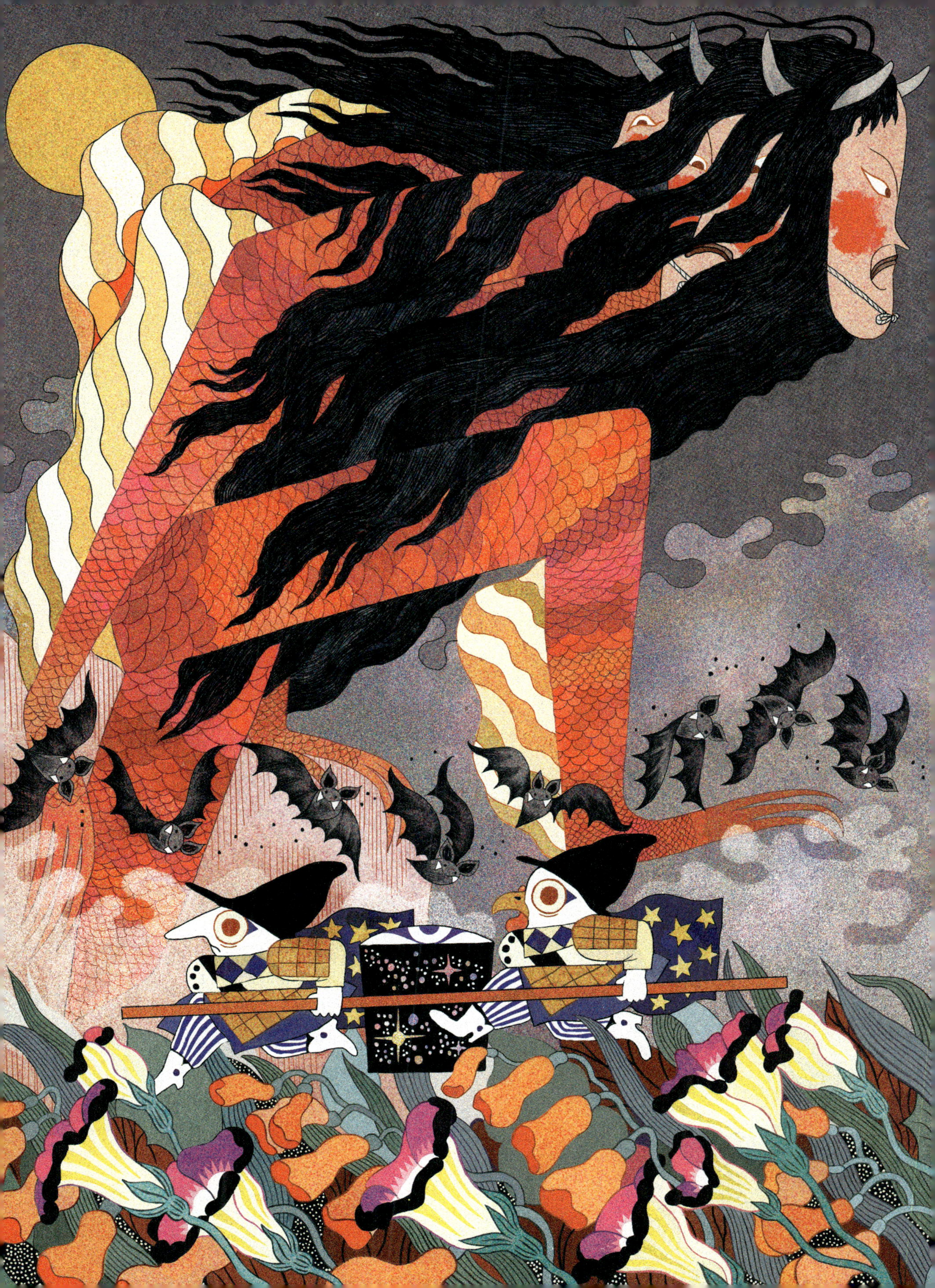

Dicen que no pueden verme y, ahora, empiezan a desdibujarse.

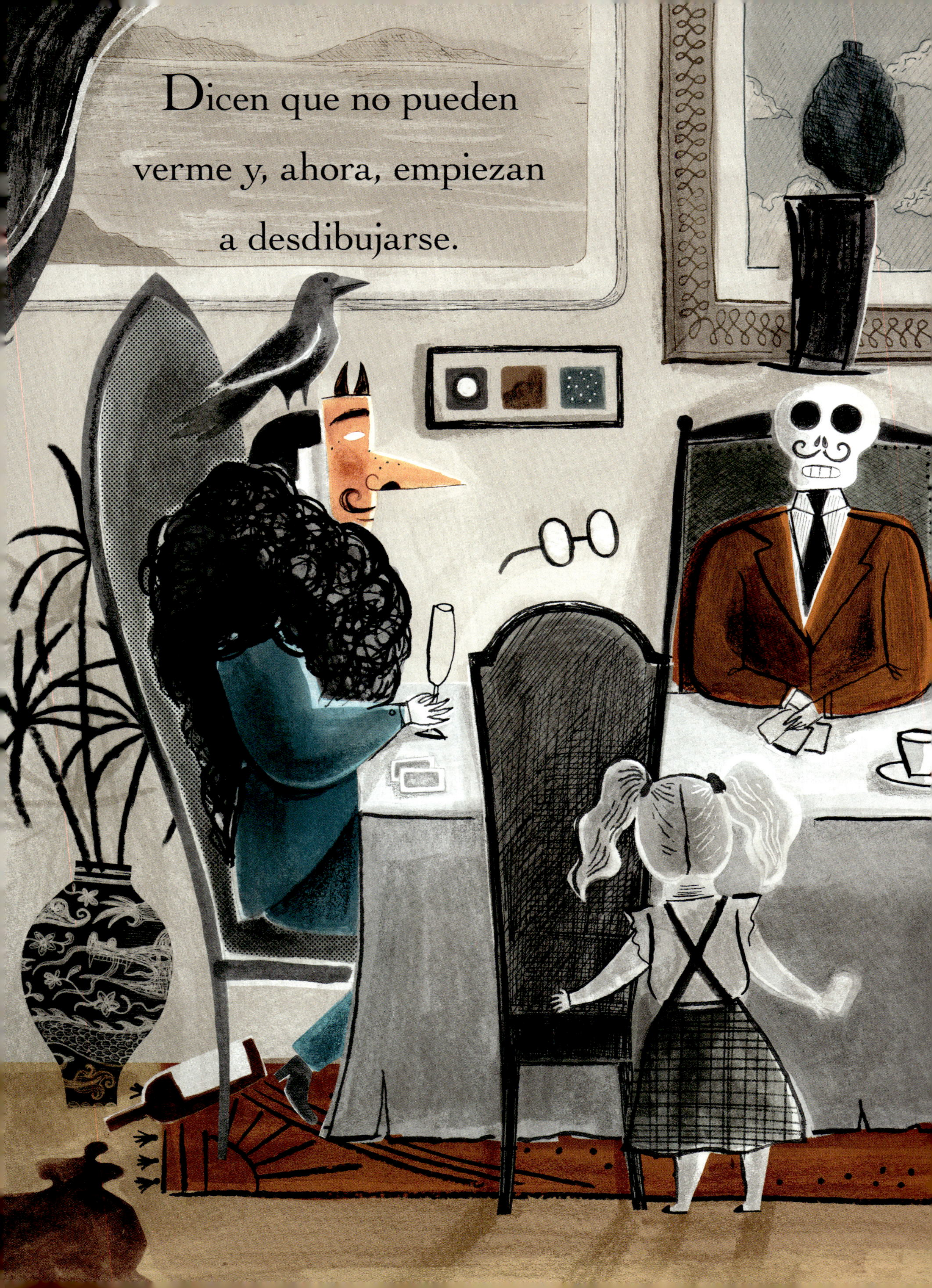

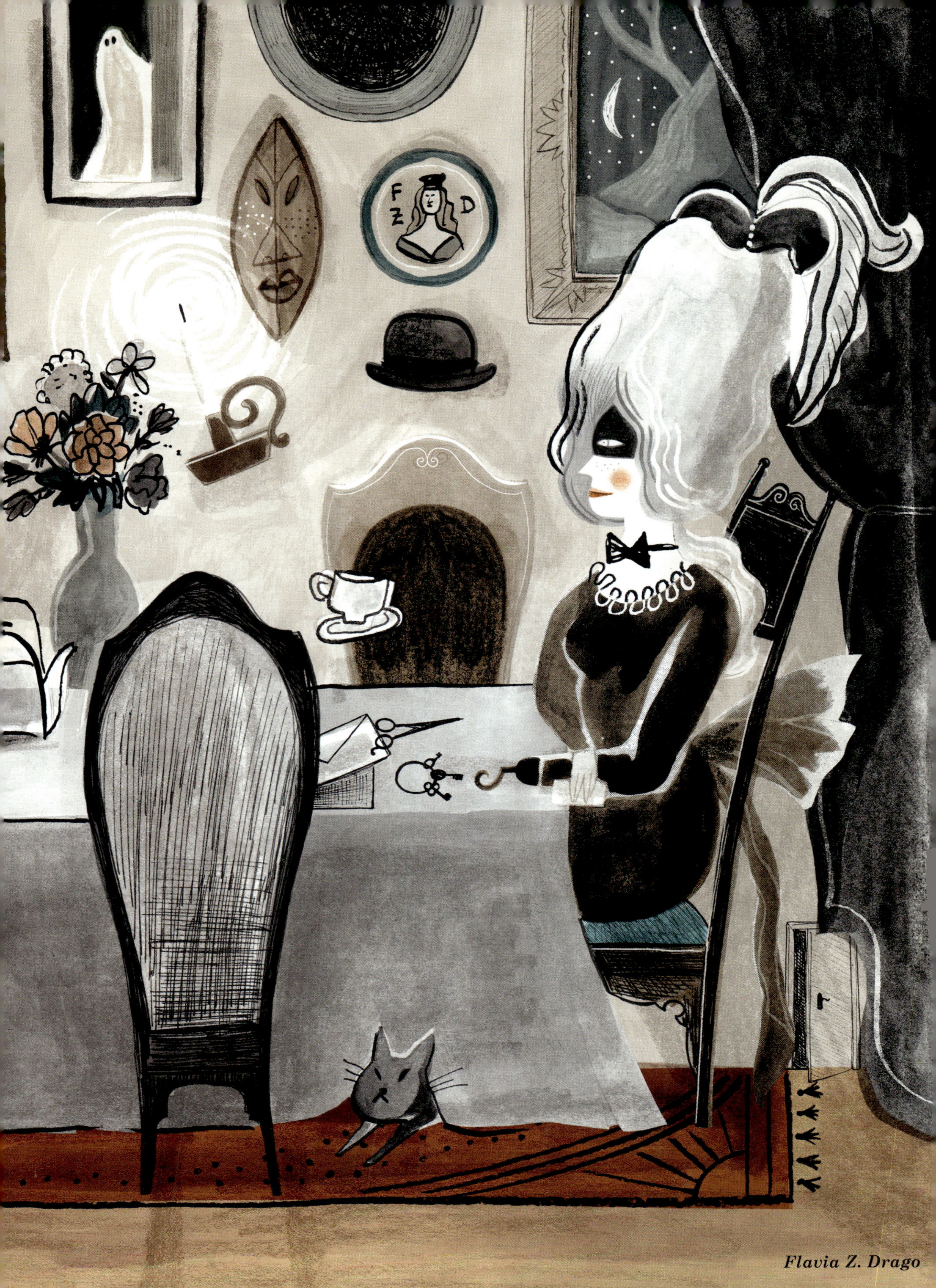

Flavia Z. Drago

Los diminutos robots apagan su batería

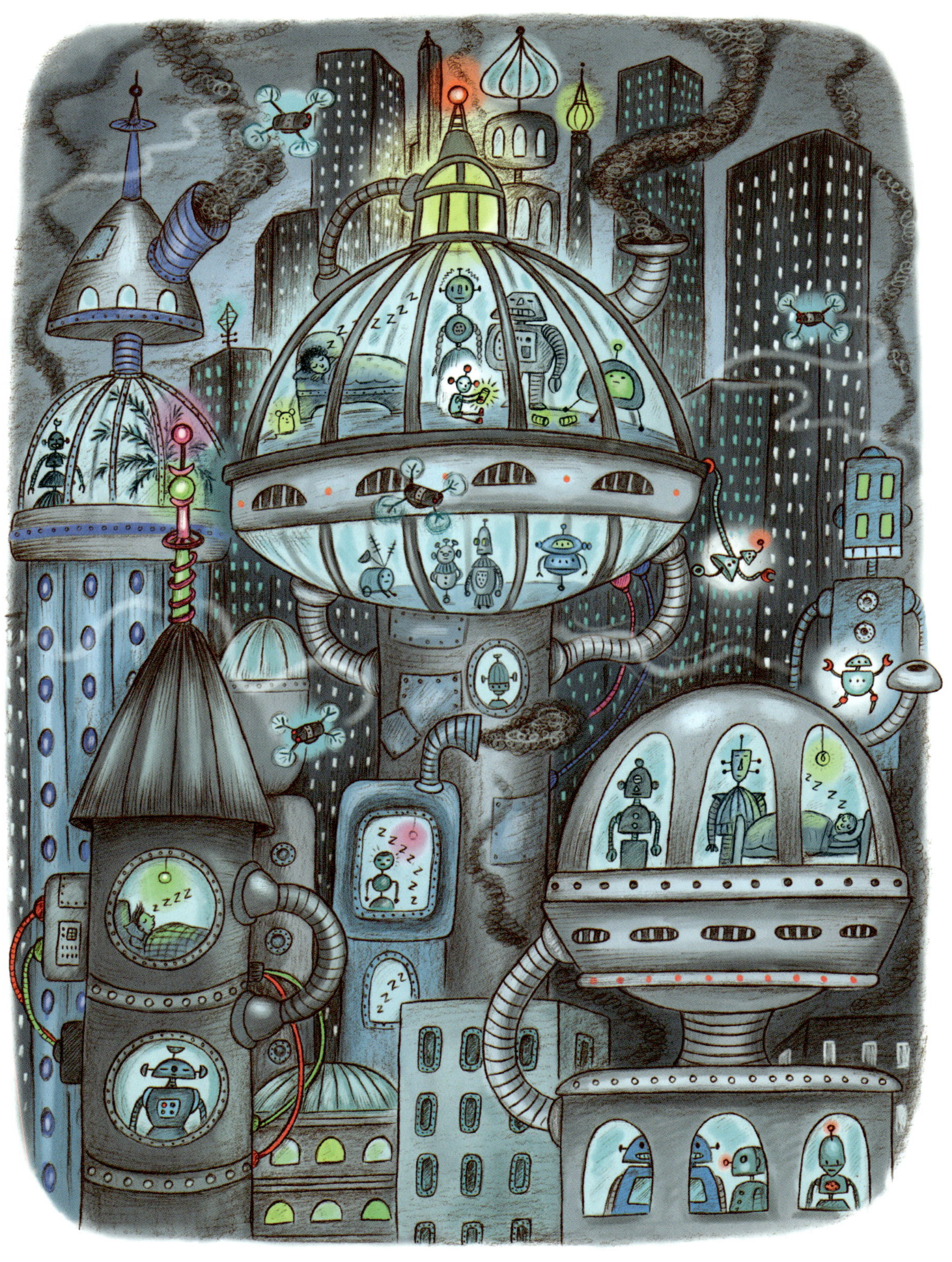

Freya Hartas

mientras la casa duerme.

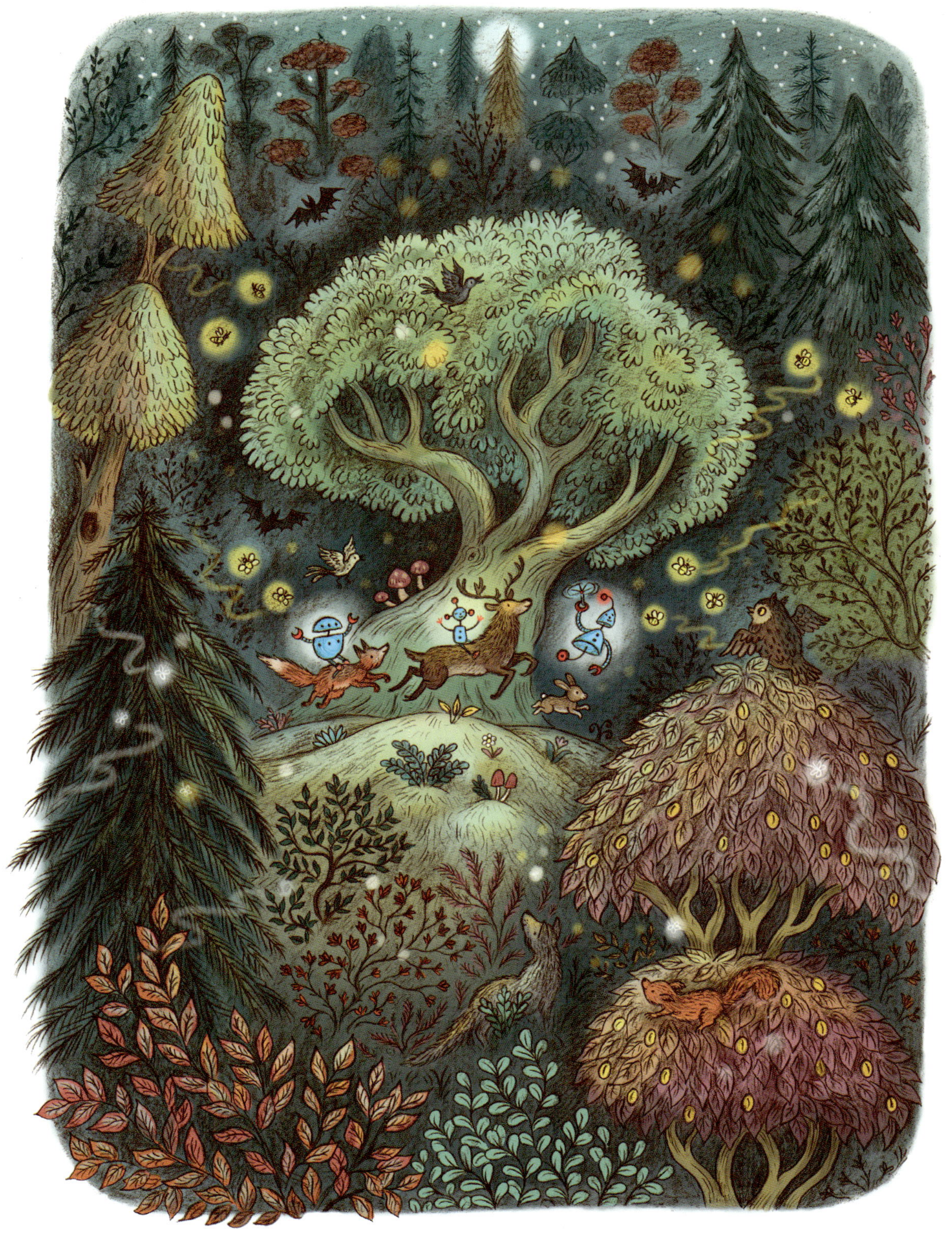

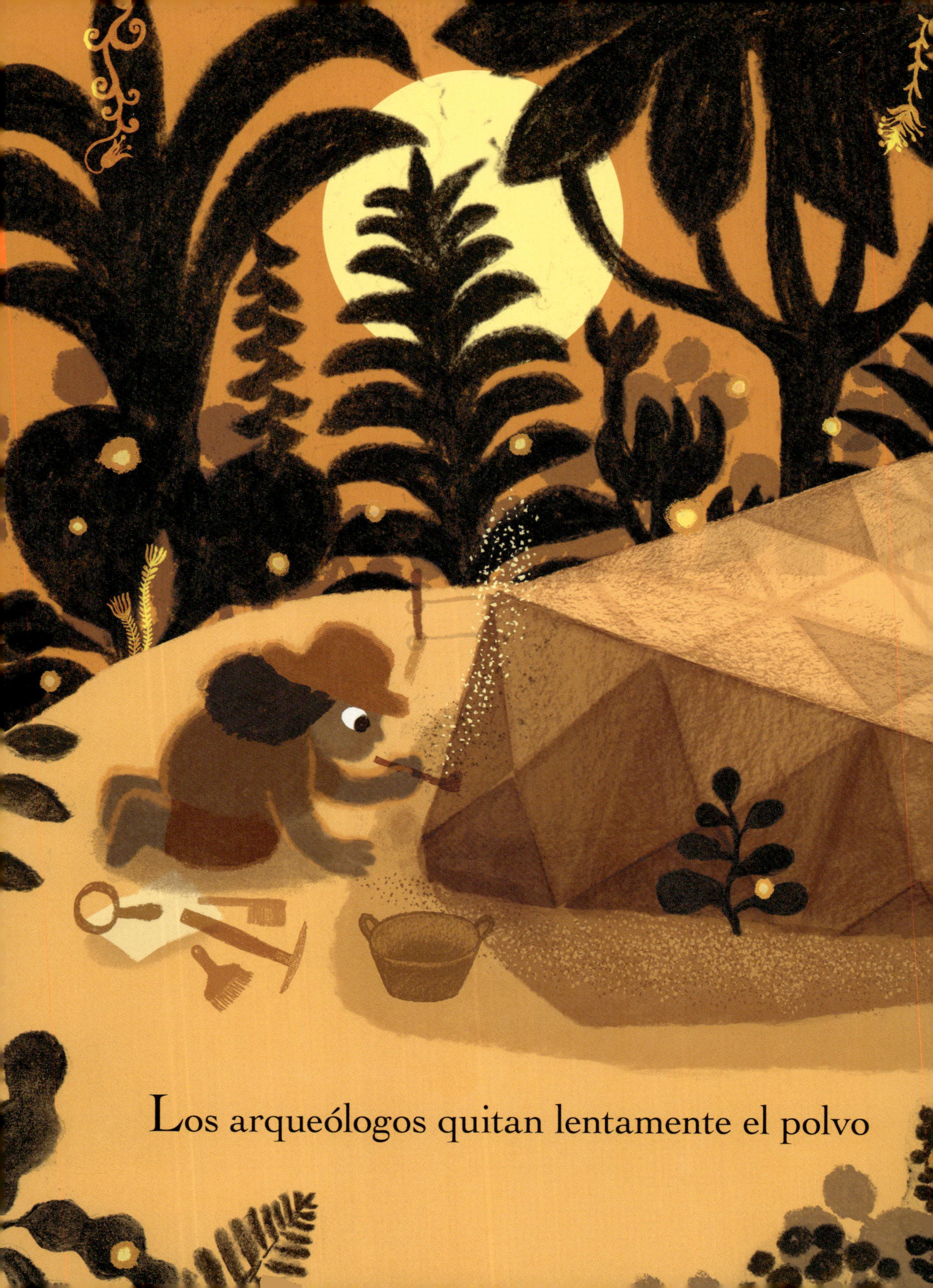

Los arqueólogos quitan lentamente el polvo

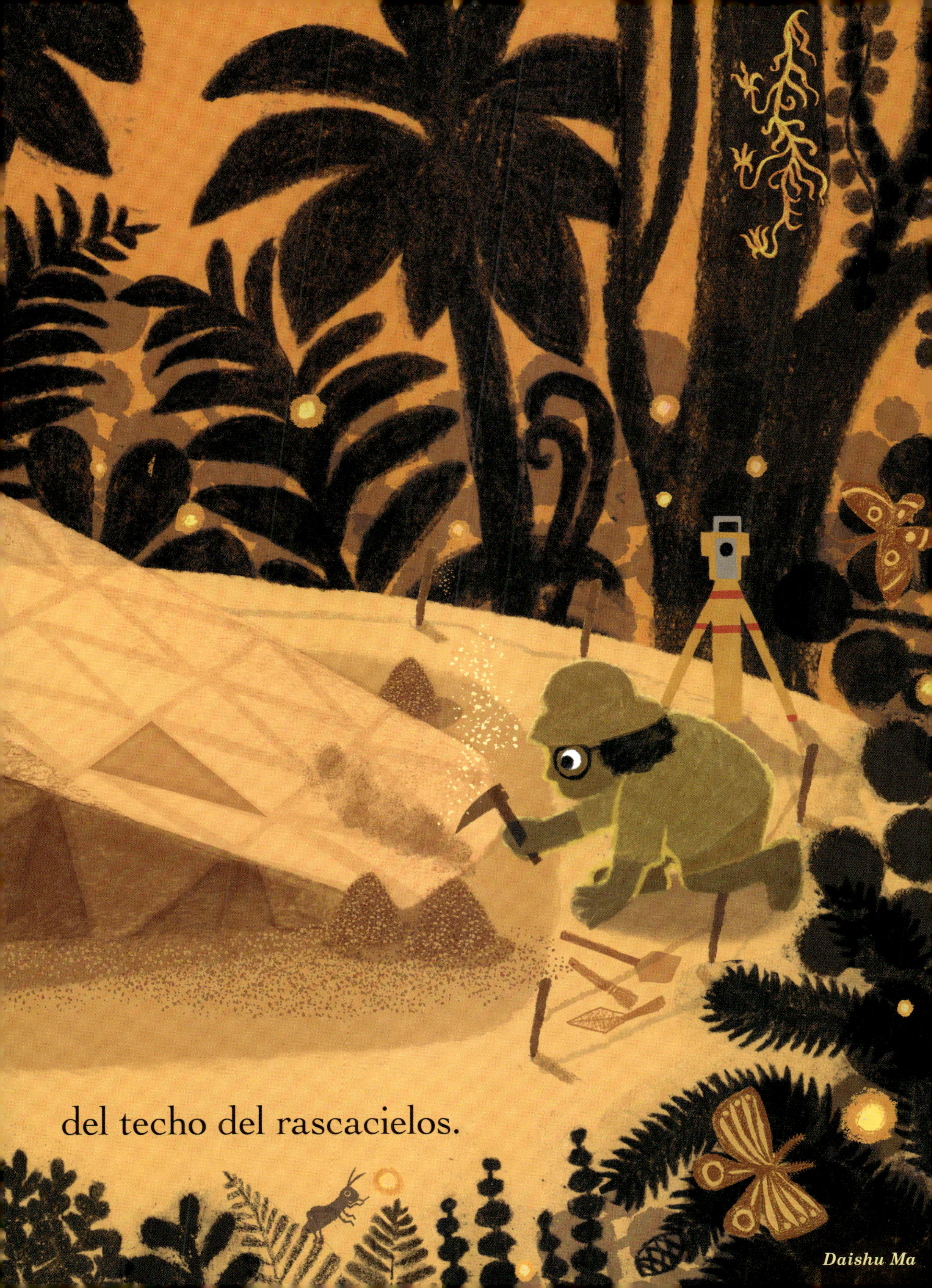

del techo del rascacielos.

Daishu Ma

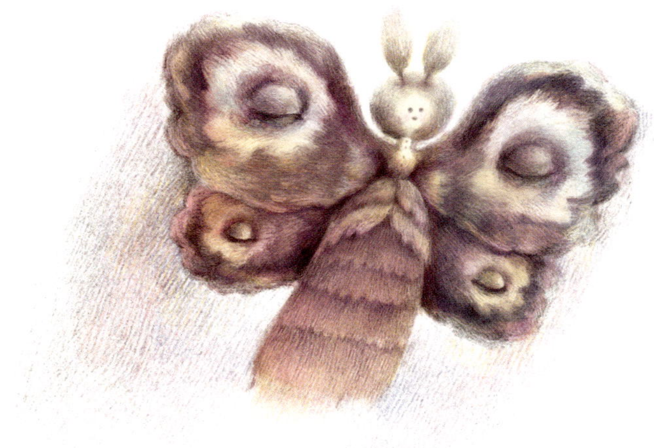

El público baila extasiado,

pero no hemos empezado a tocar.

Dena Seiferling

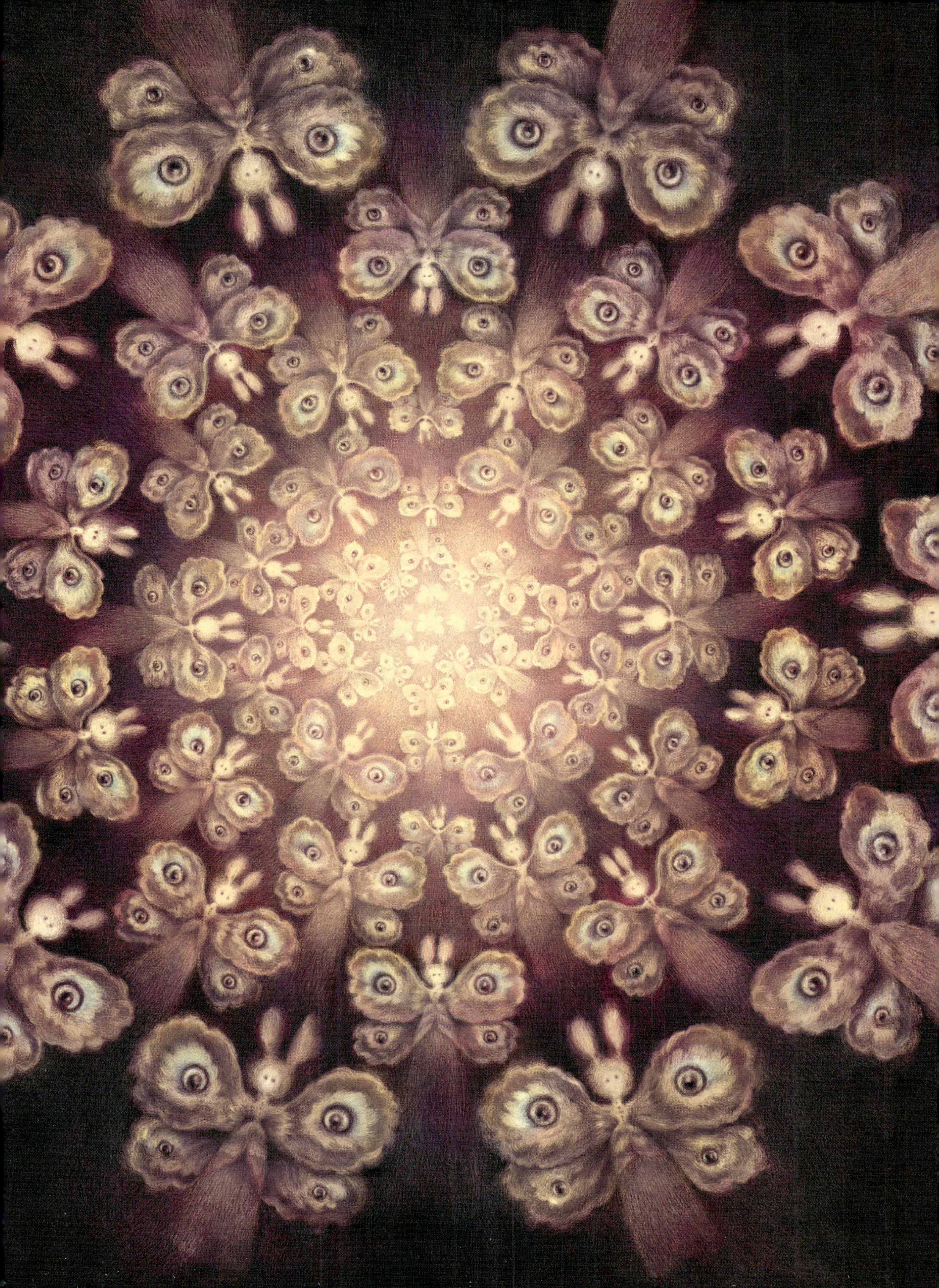

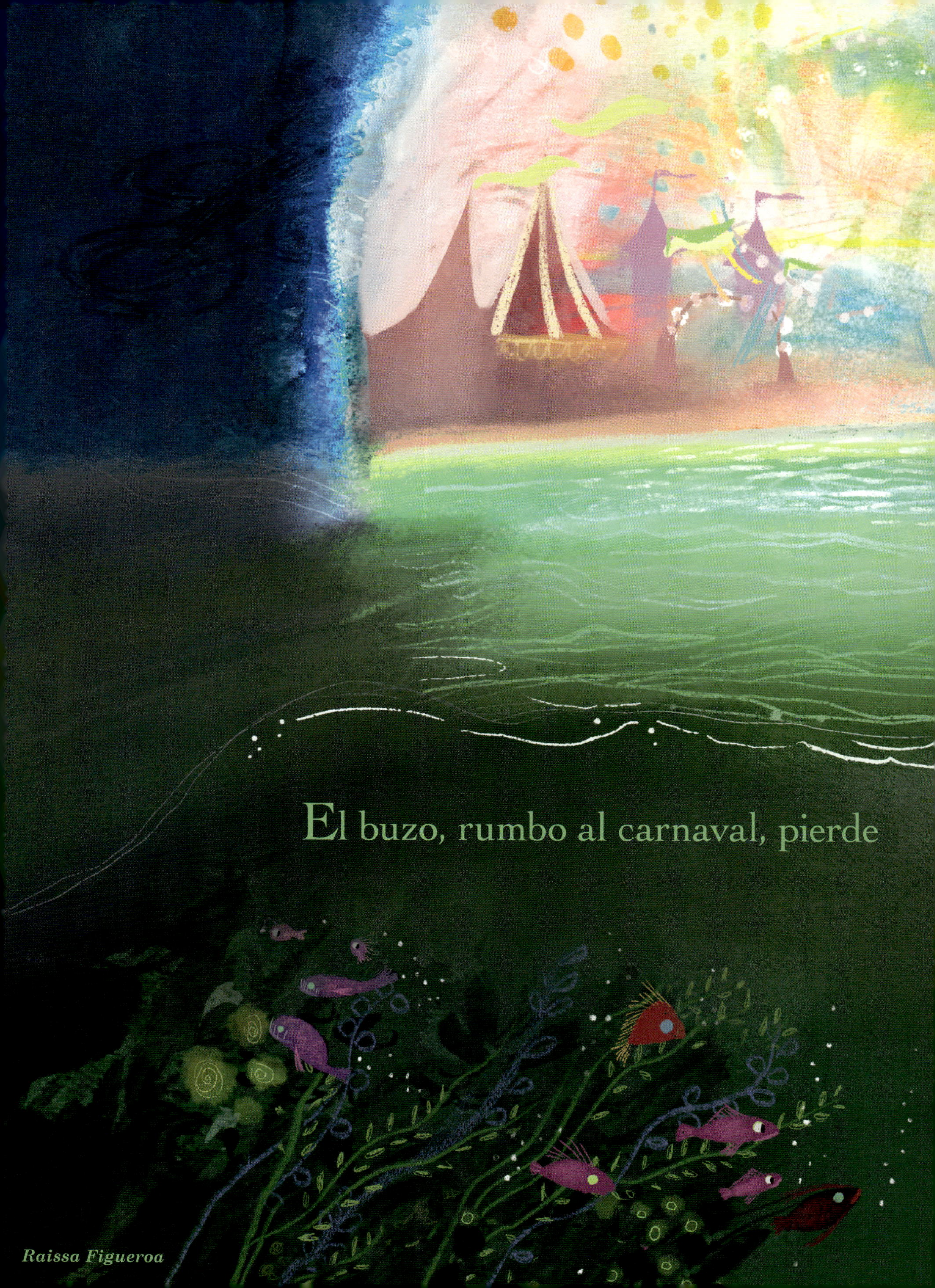

El buzo, rumbo al carnaval, pierde

Raissa Figueroa

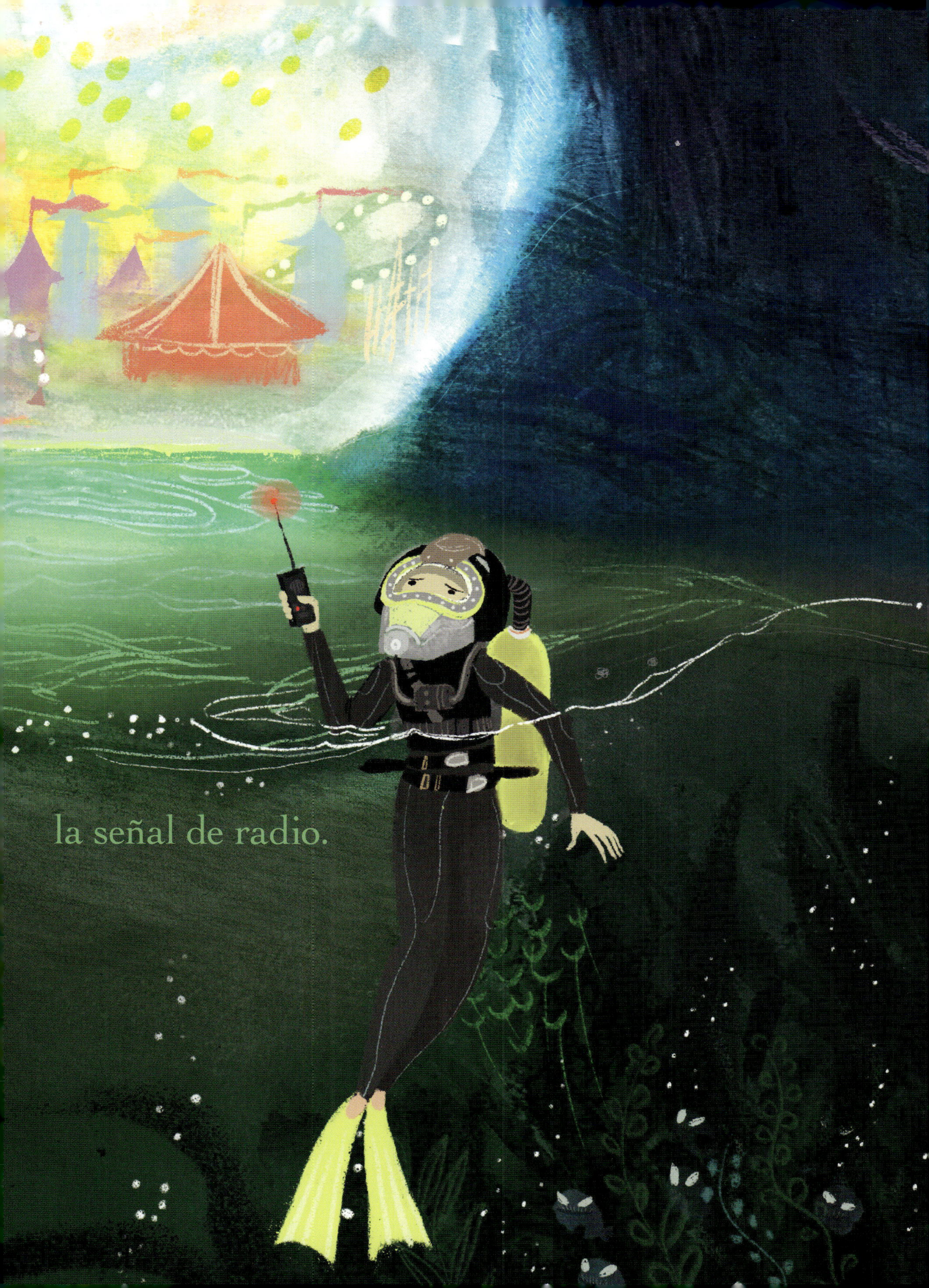

la señal de radio.

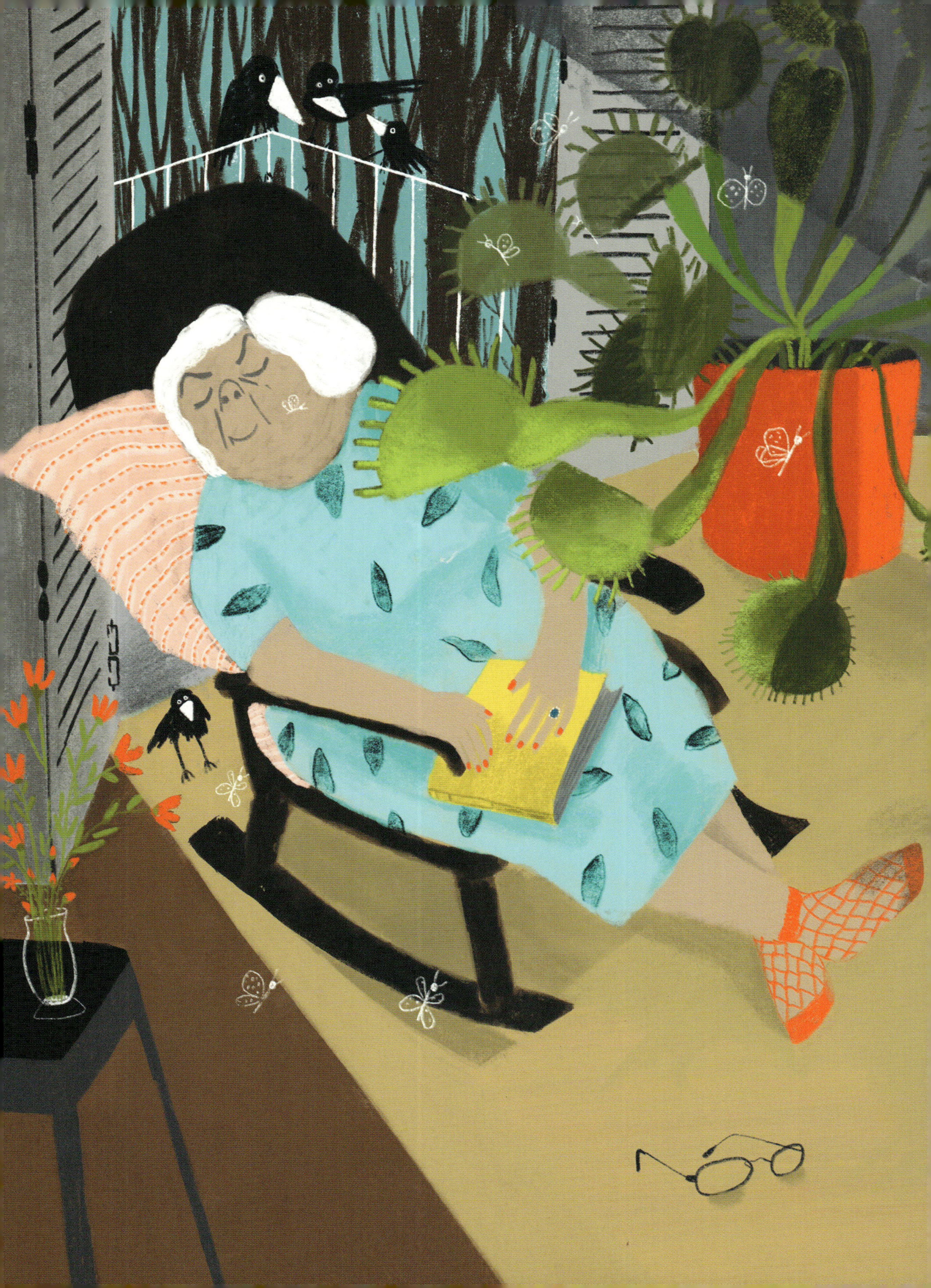

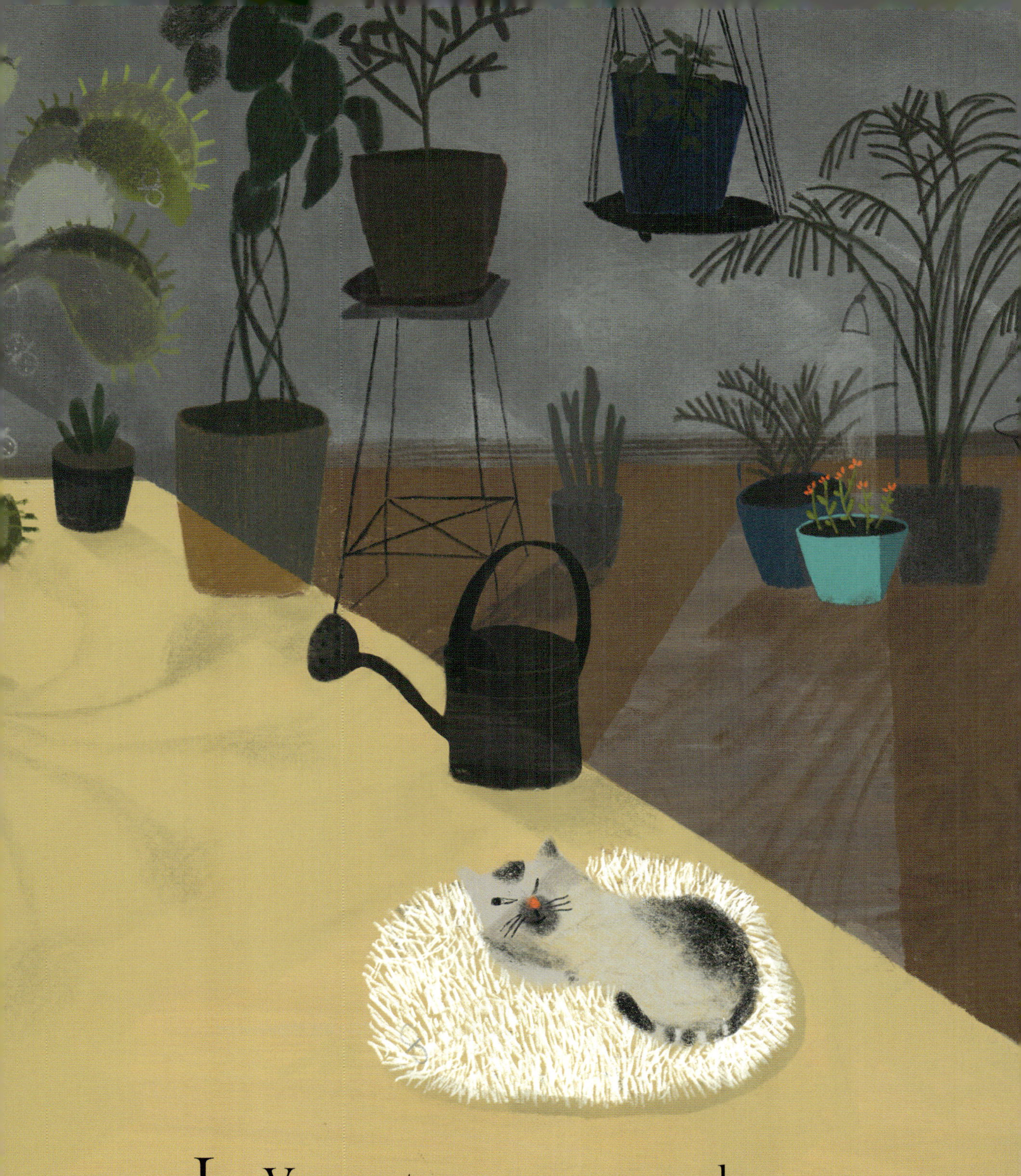

La Venus atrapamoscas acecha

la silla favorita de mi abuela.

Nahid Kazemi

Si el hechizo falló,

¿por qué me están saliendo escamas?

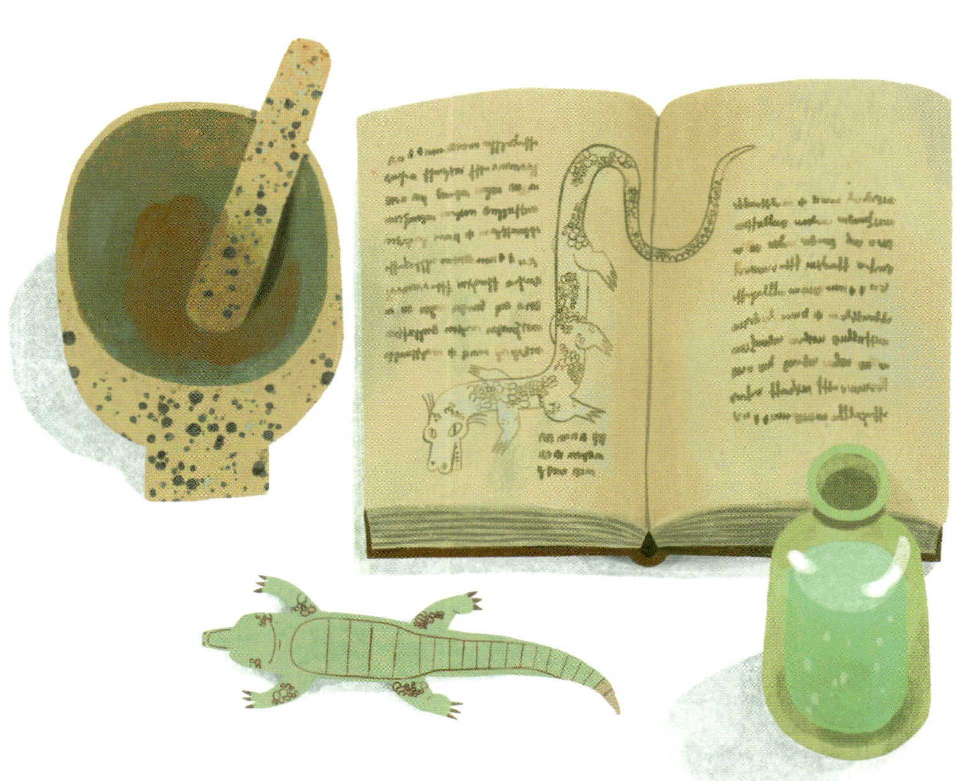

Yas Imamura

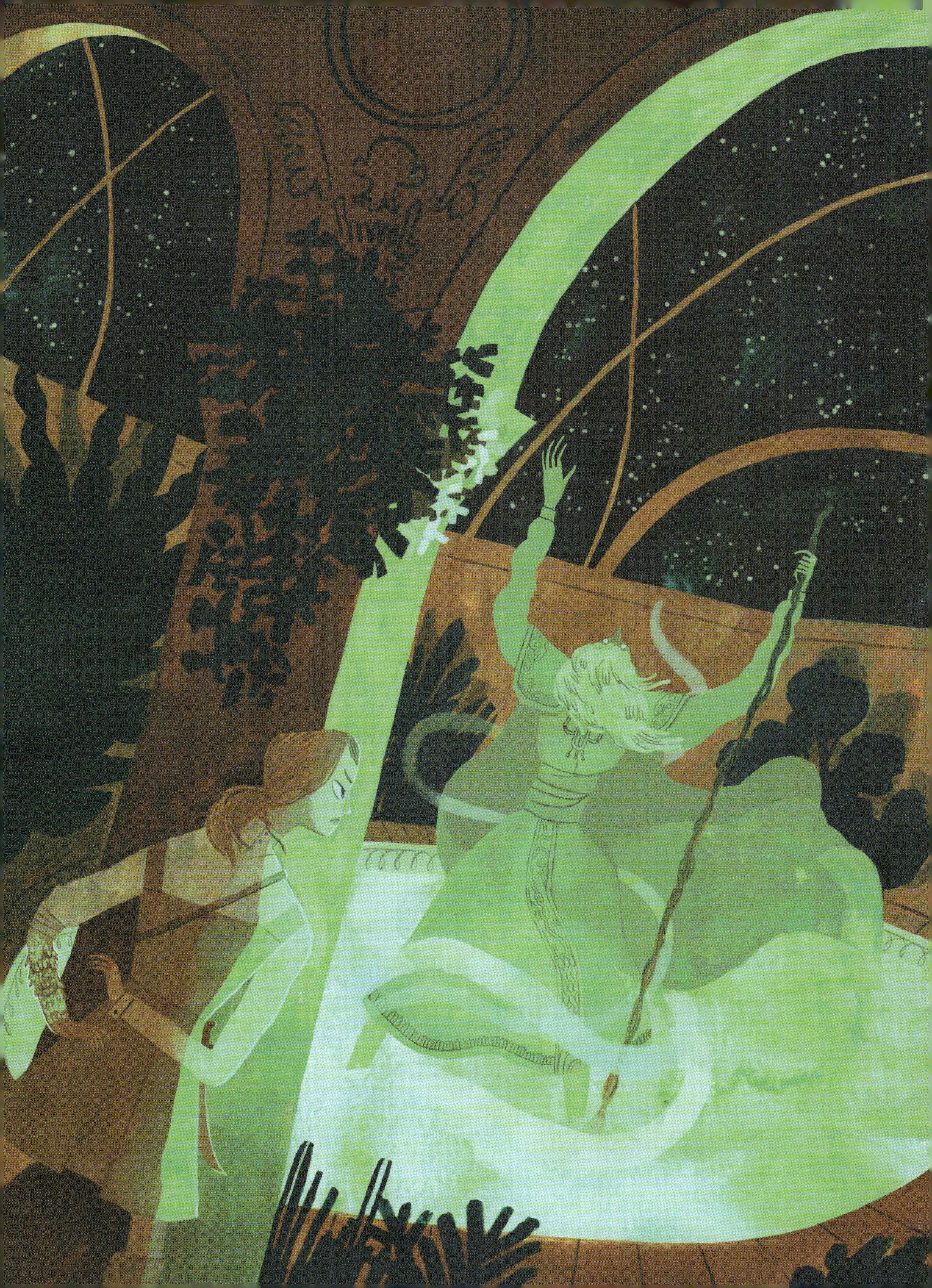

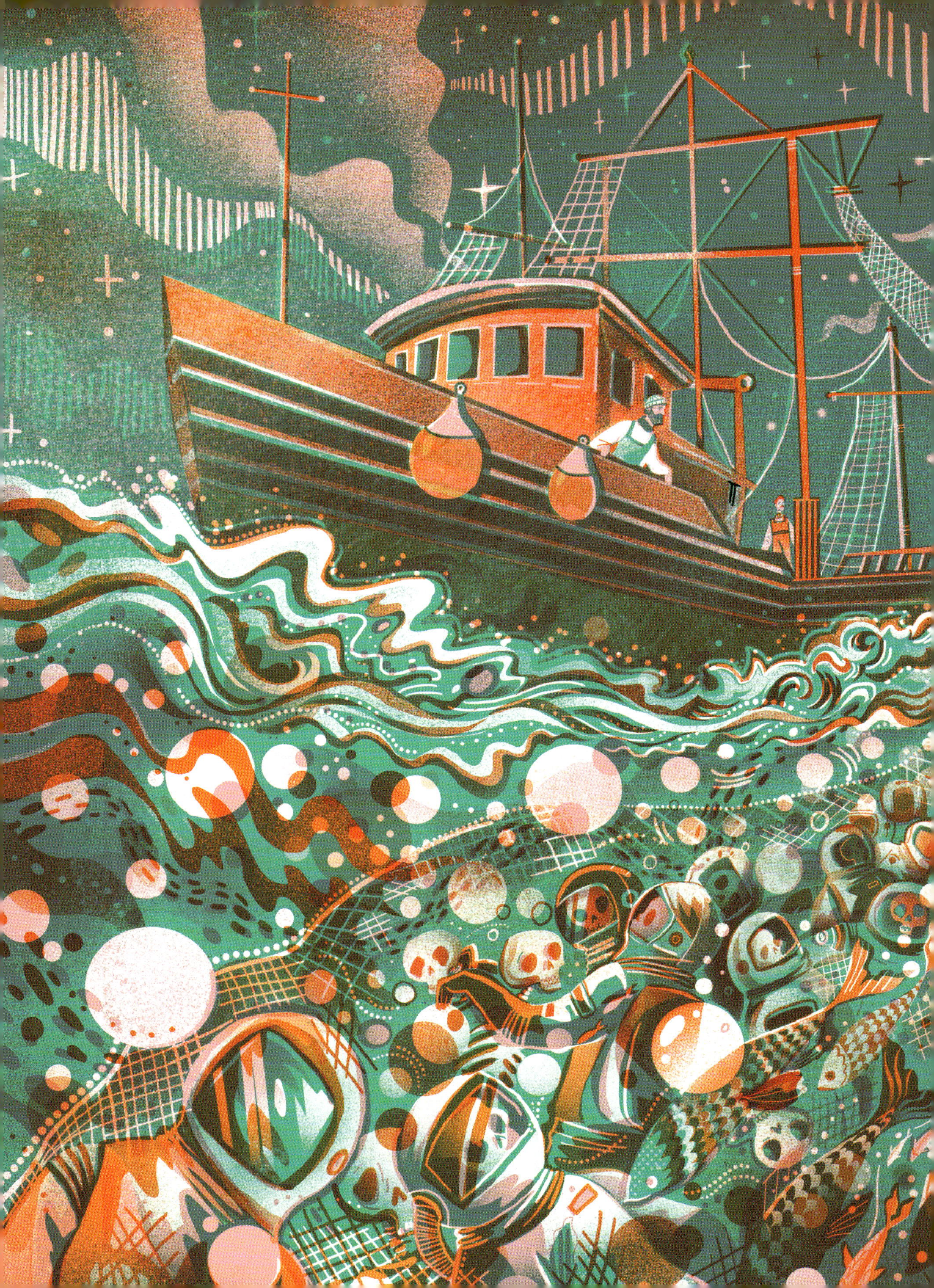

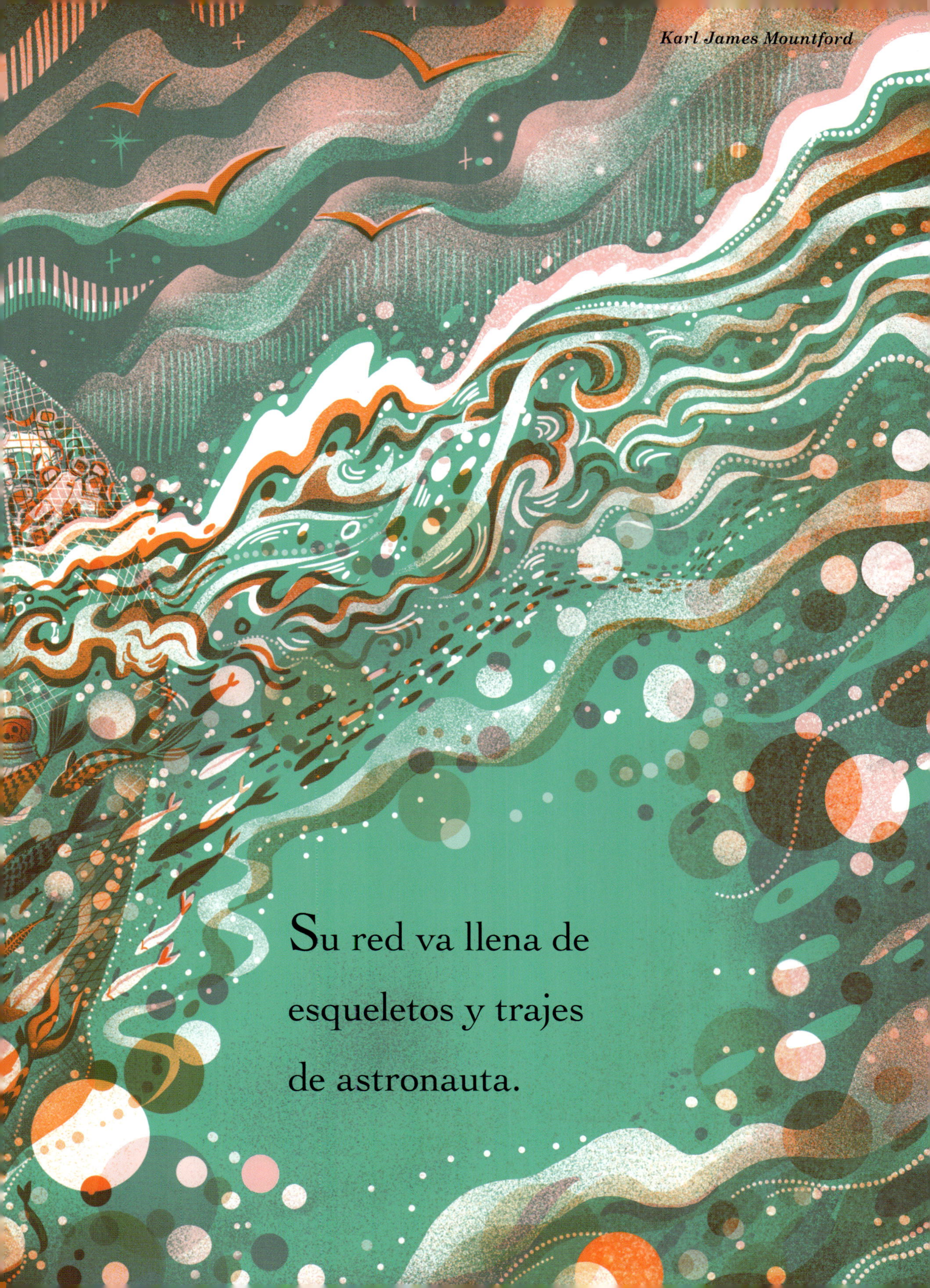

Su red va llena de
esqueletos y trajes
de astronauta.

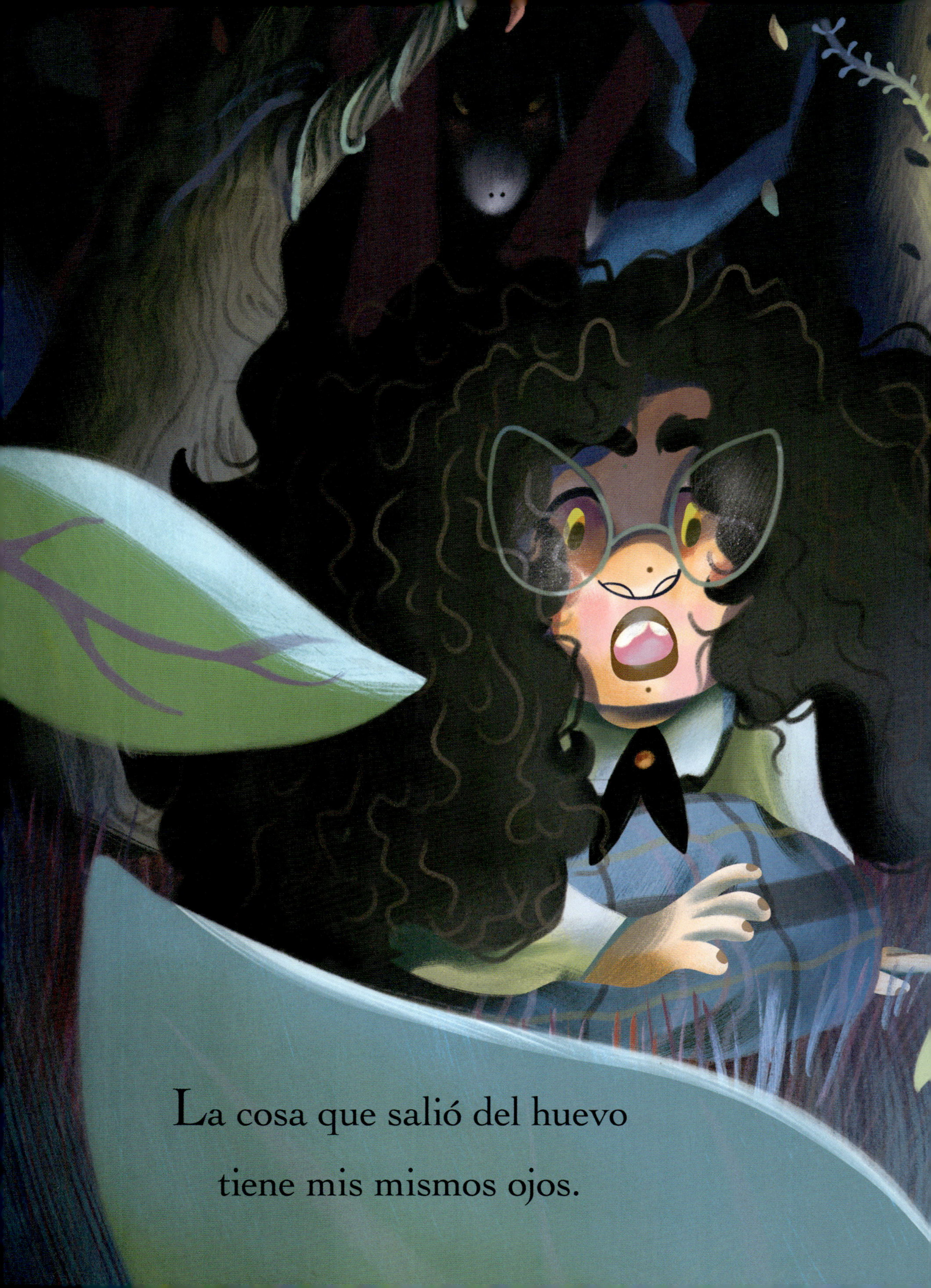

La cosa que salió del huevo

tiene mis mismos ojos.

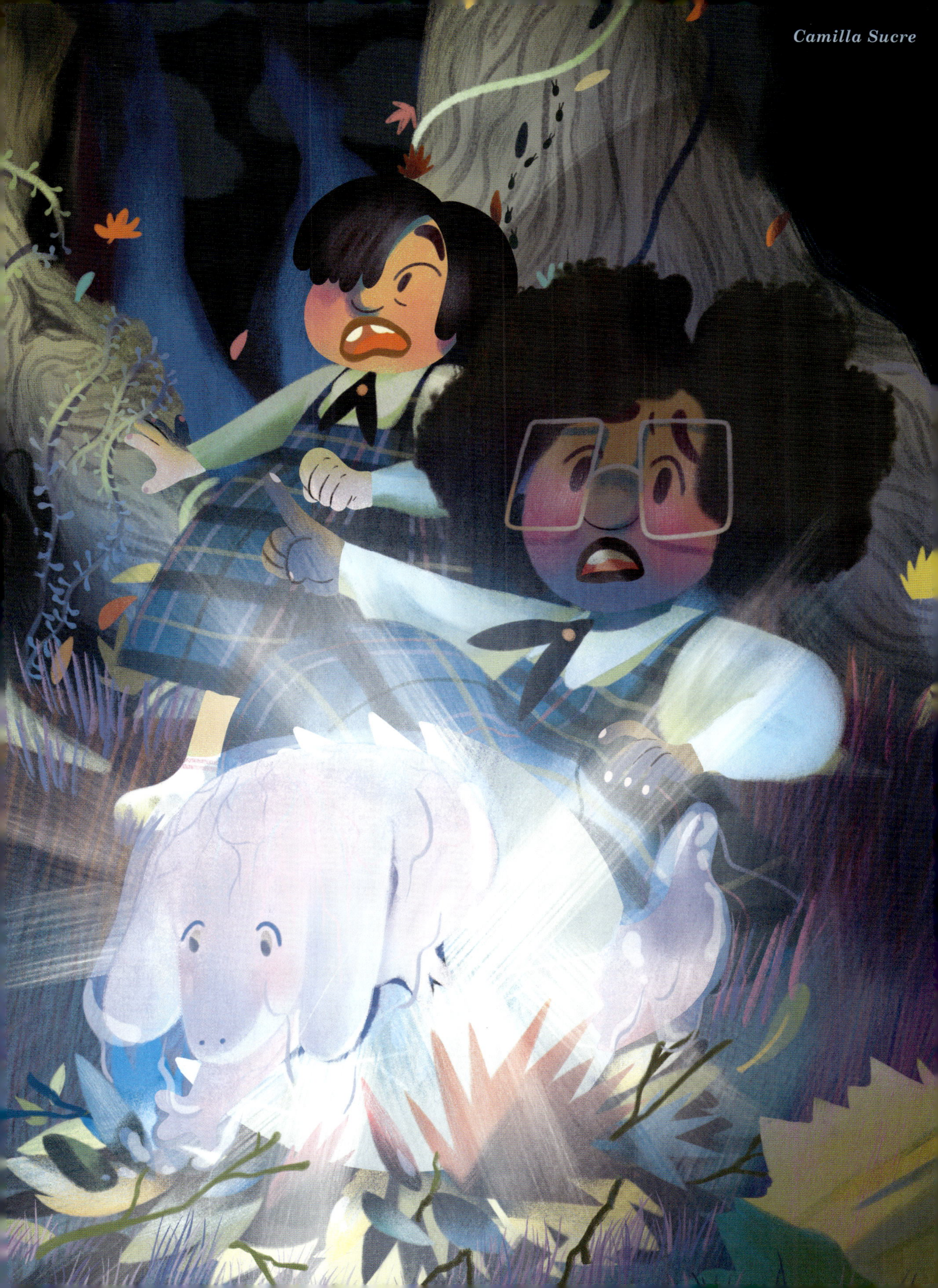
Camilla Sucre

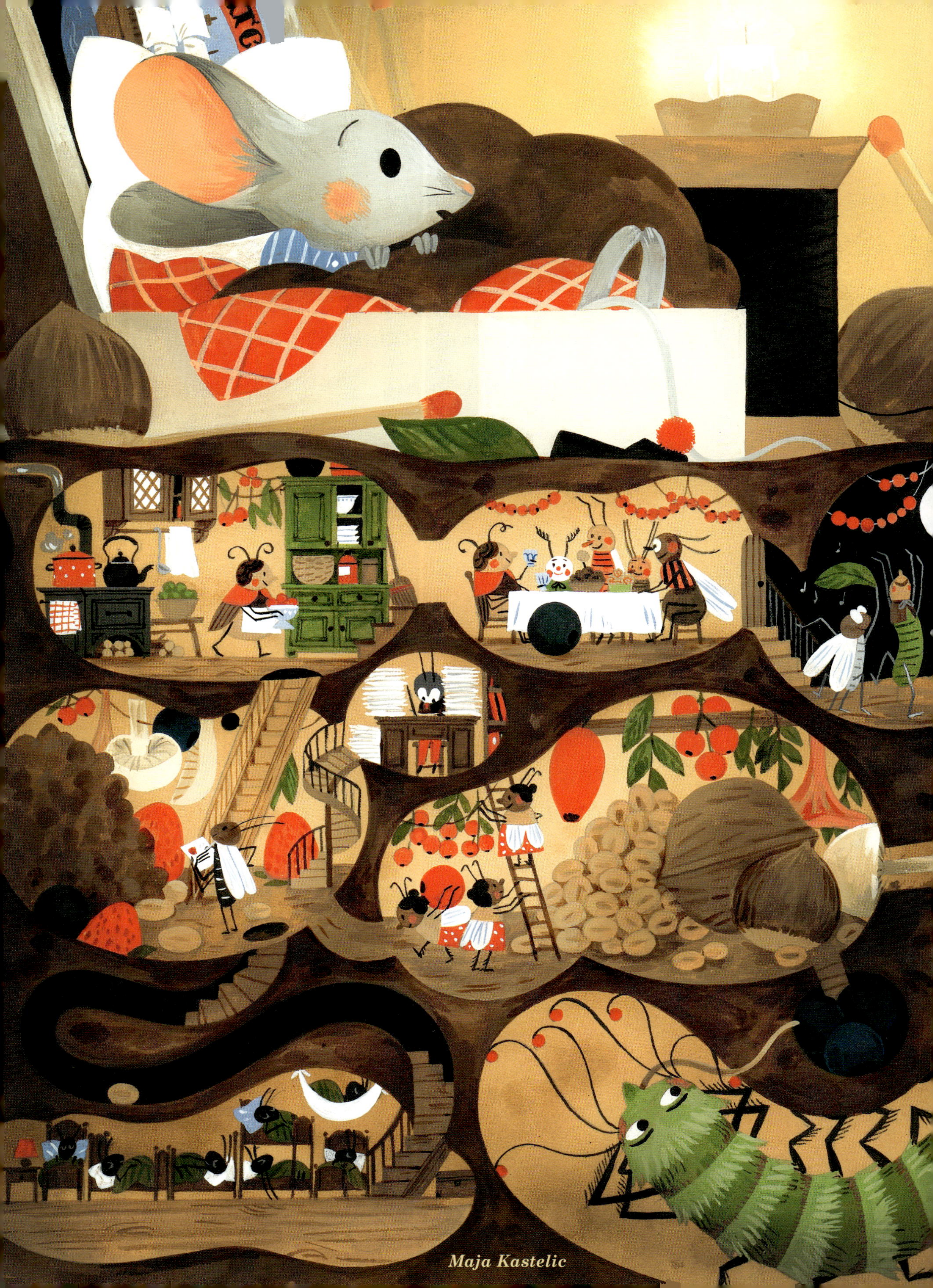
Maja Kastelic

Bajo mi cama, se oye
el golpeteo de minúsculas
pisadas.

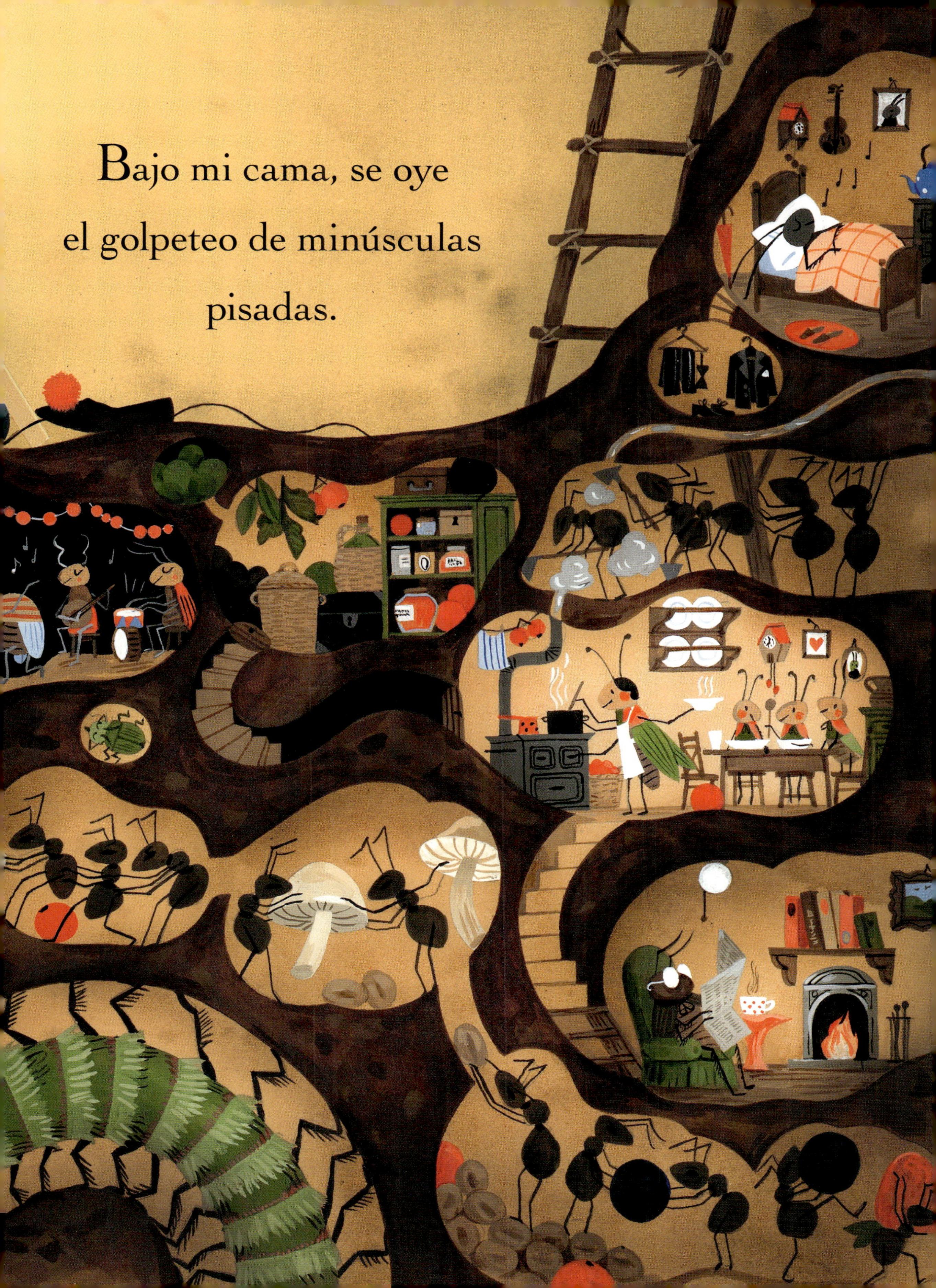

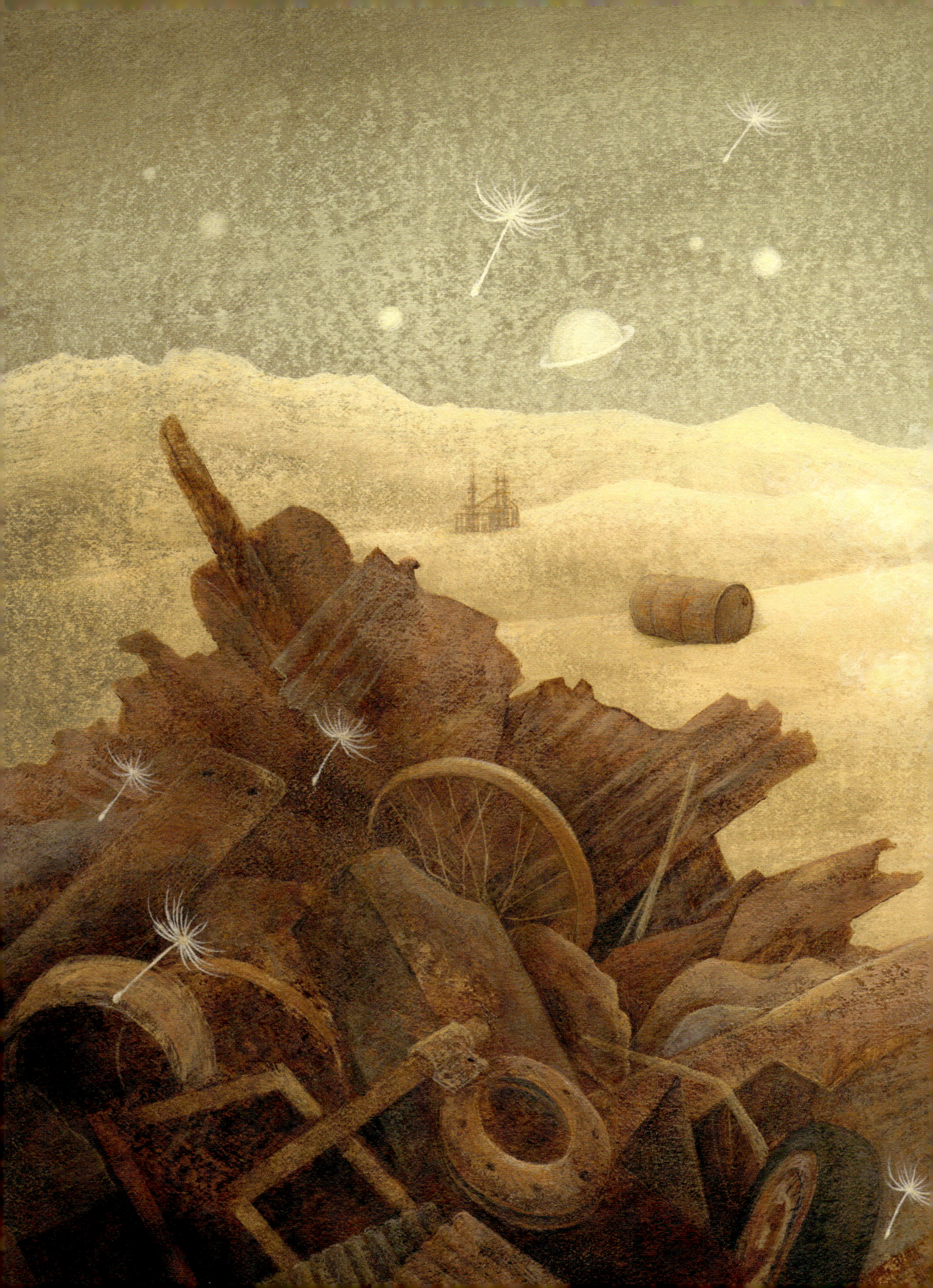

El oso presiona el botón
de la motonieve.

¡Y funciona!

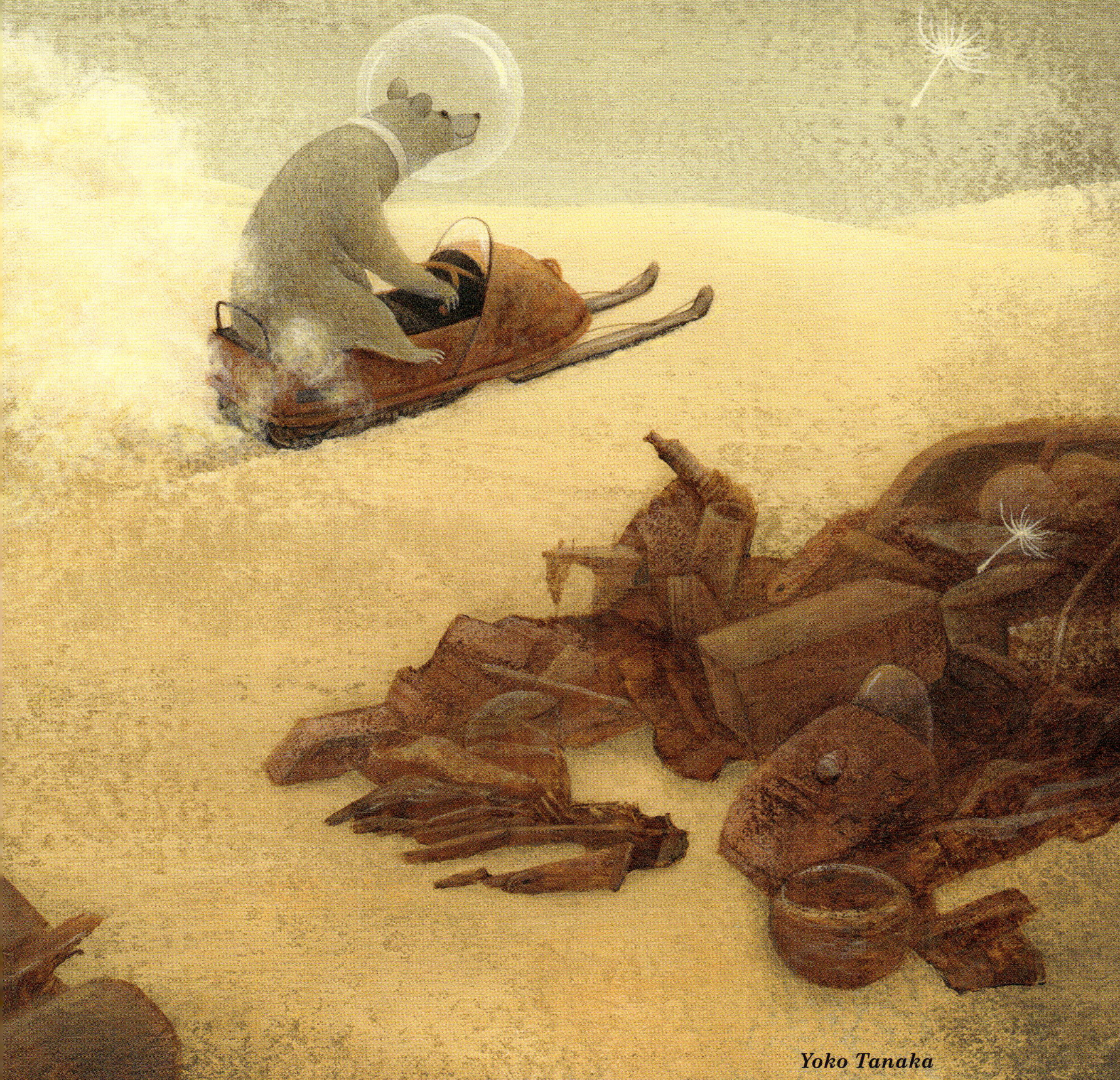

Yoko Tanaka

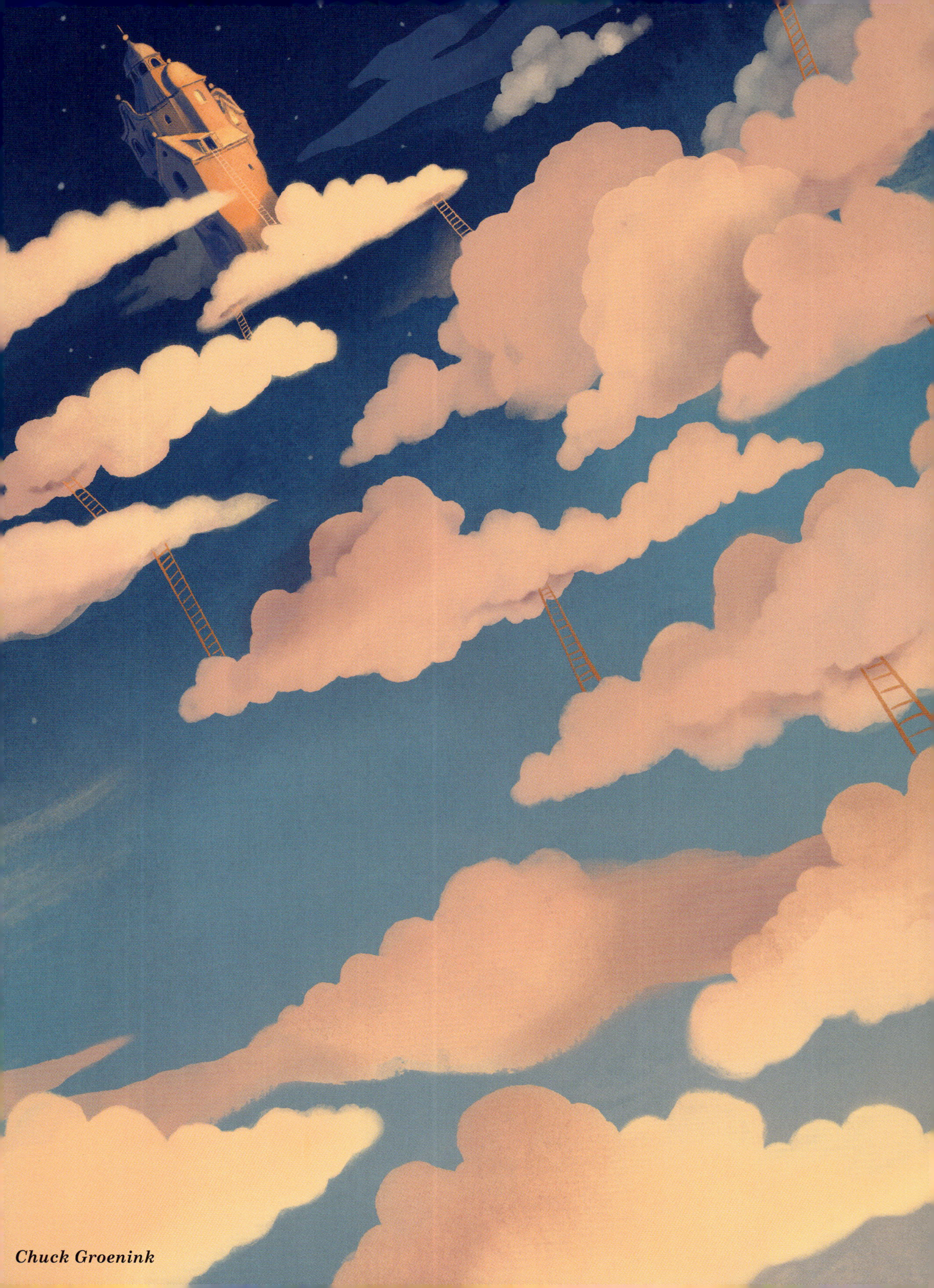

Chuck Groenink

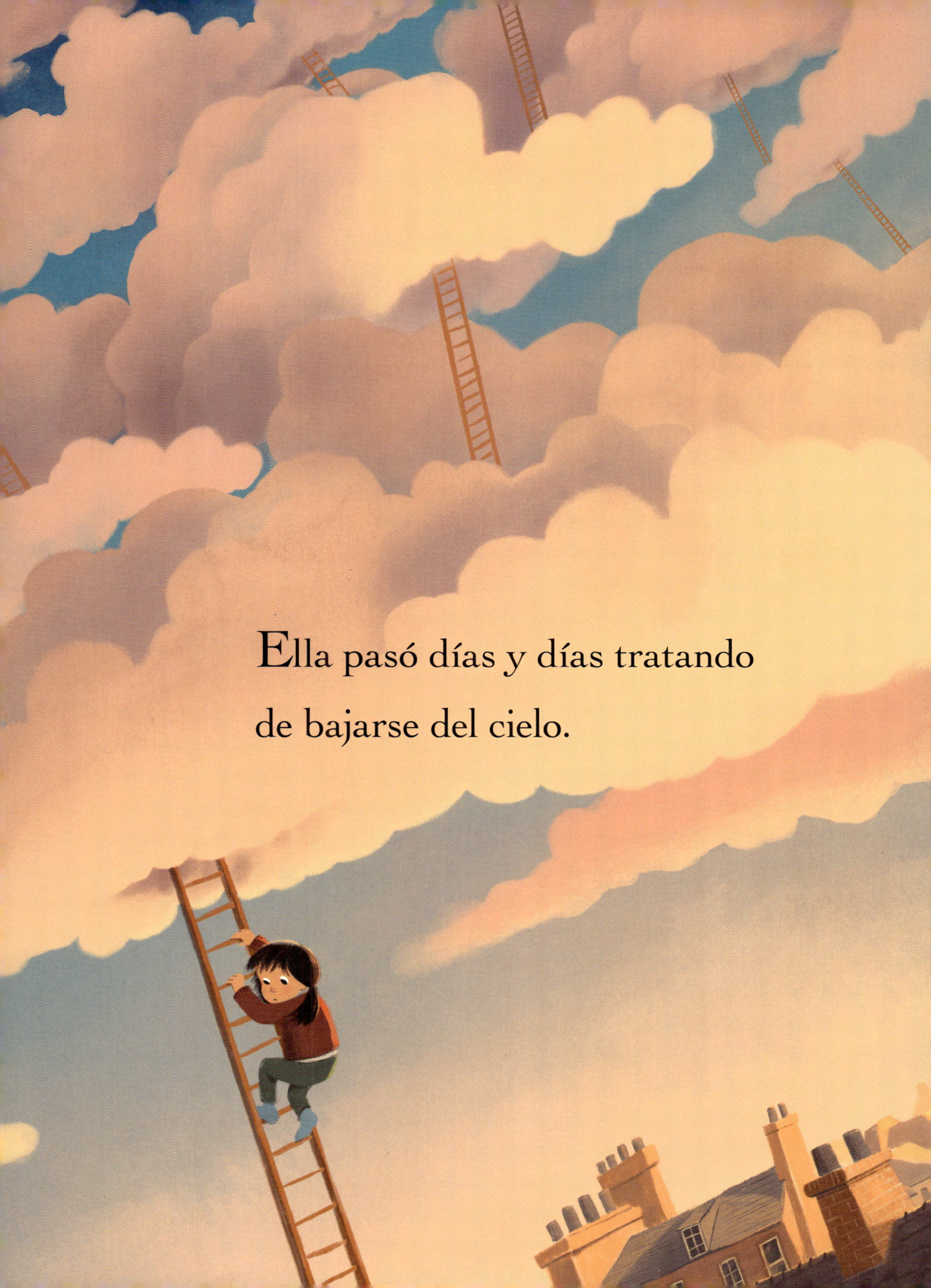

Ella pasó días y días tratando de bajarse del cielo.

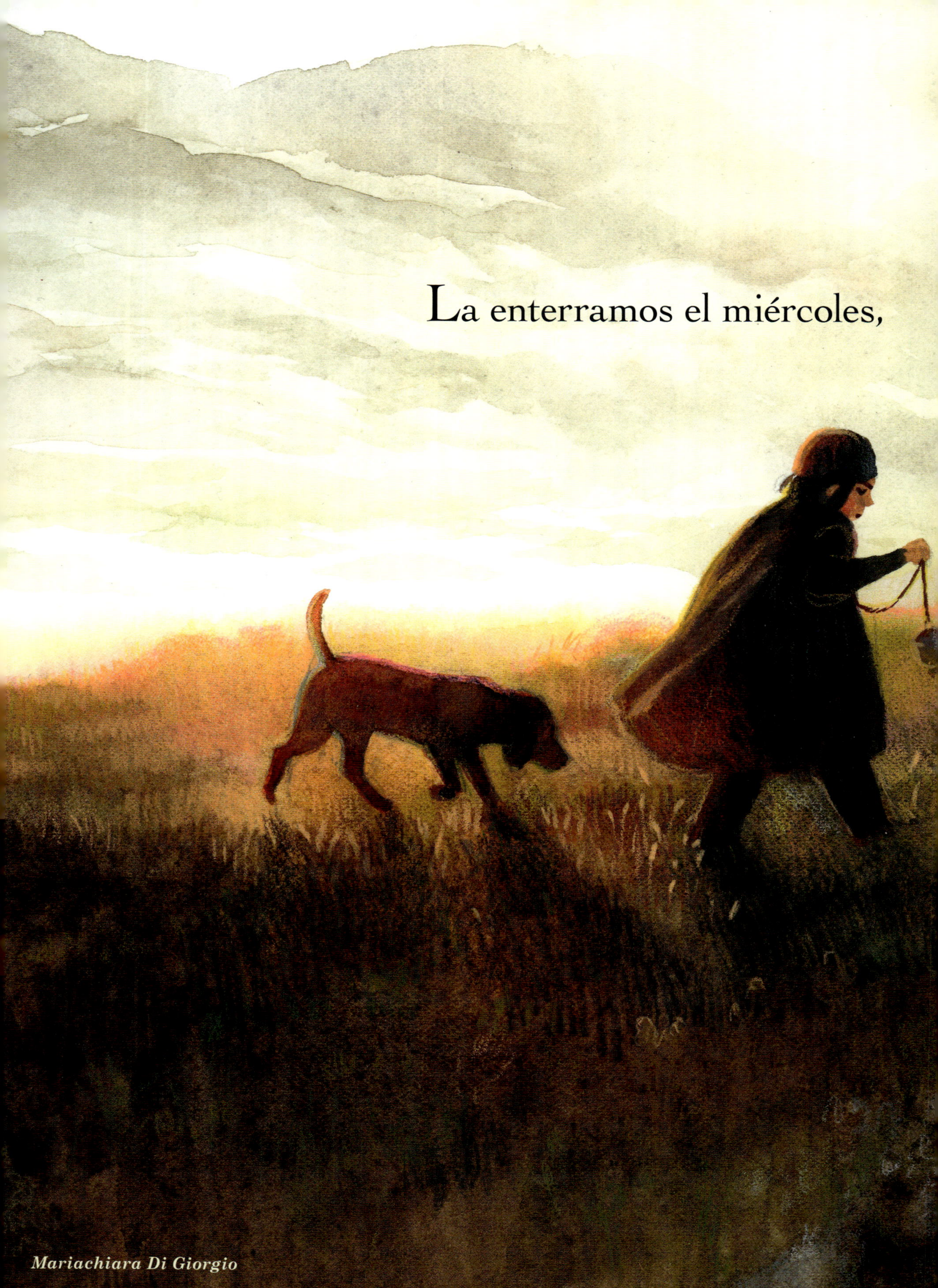

La enterramos el miércoles,

Mariachiara Di Giorgio

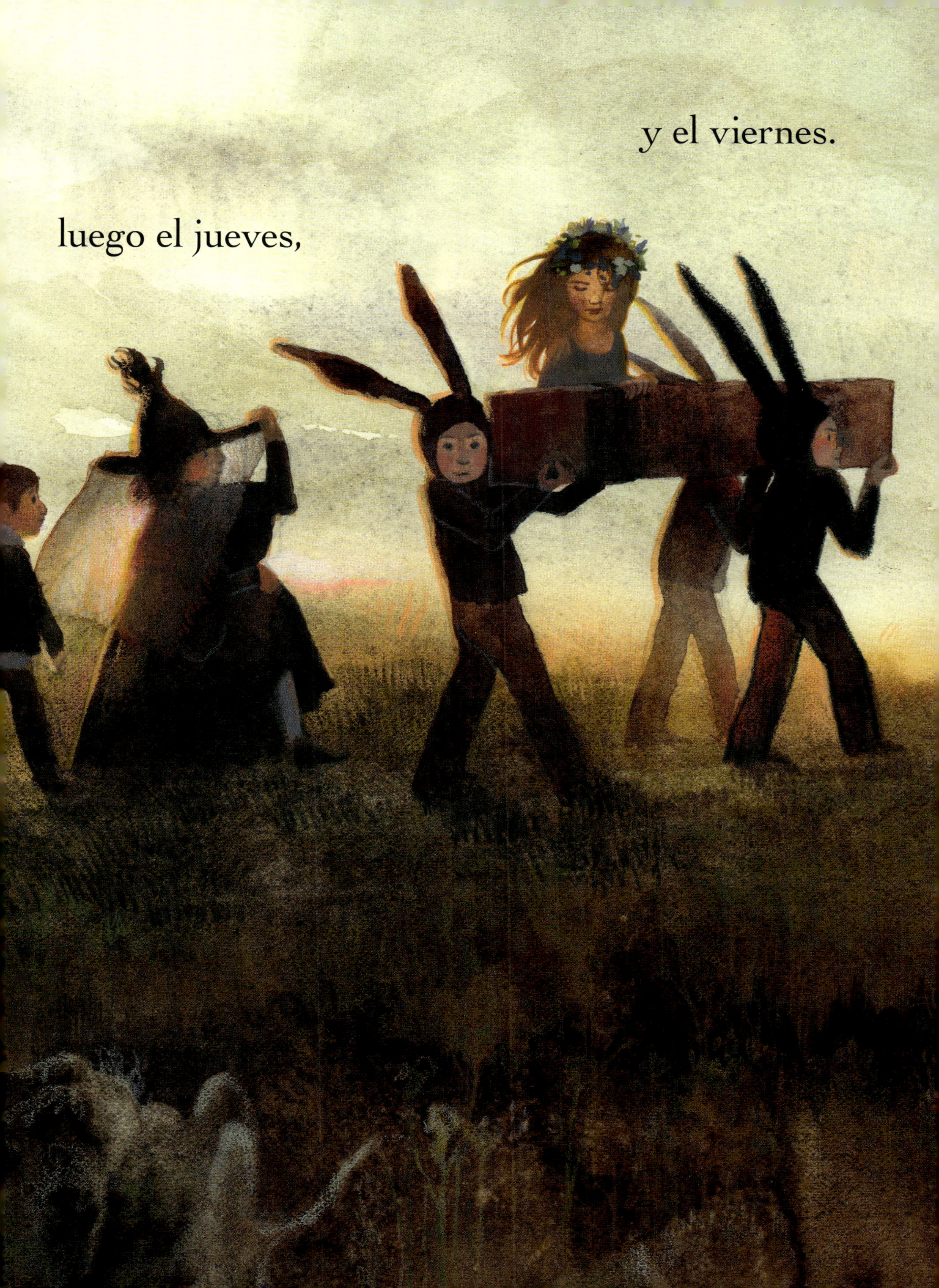

luego el jueves,

y el viernes.

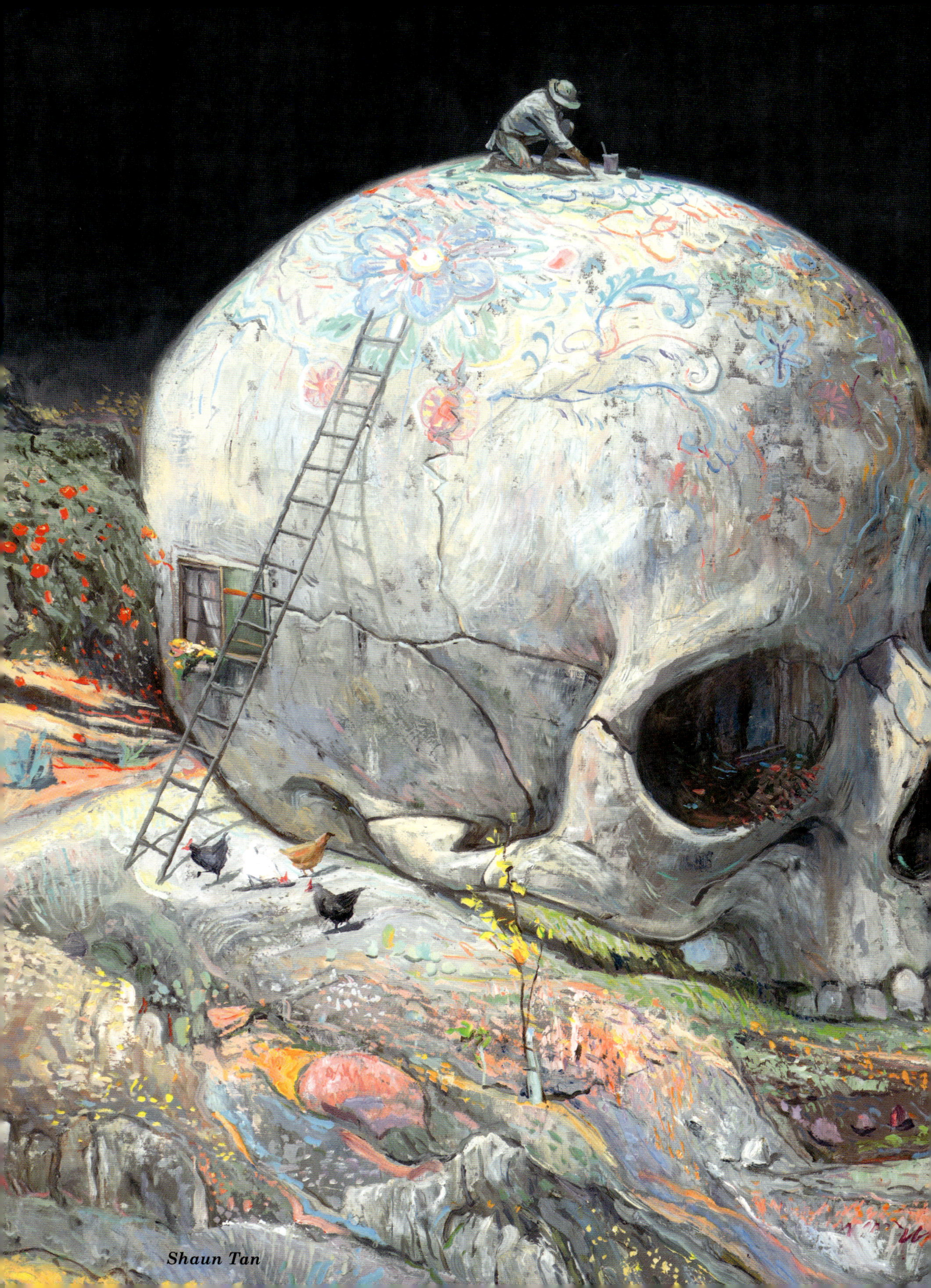

Shaun Tan

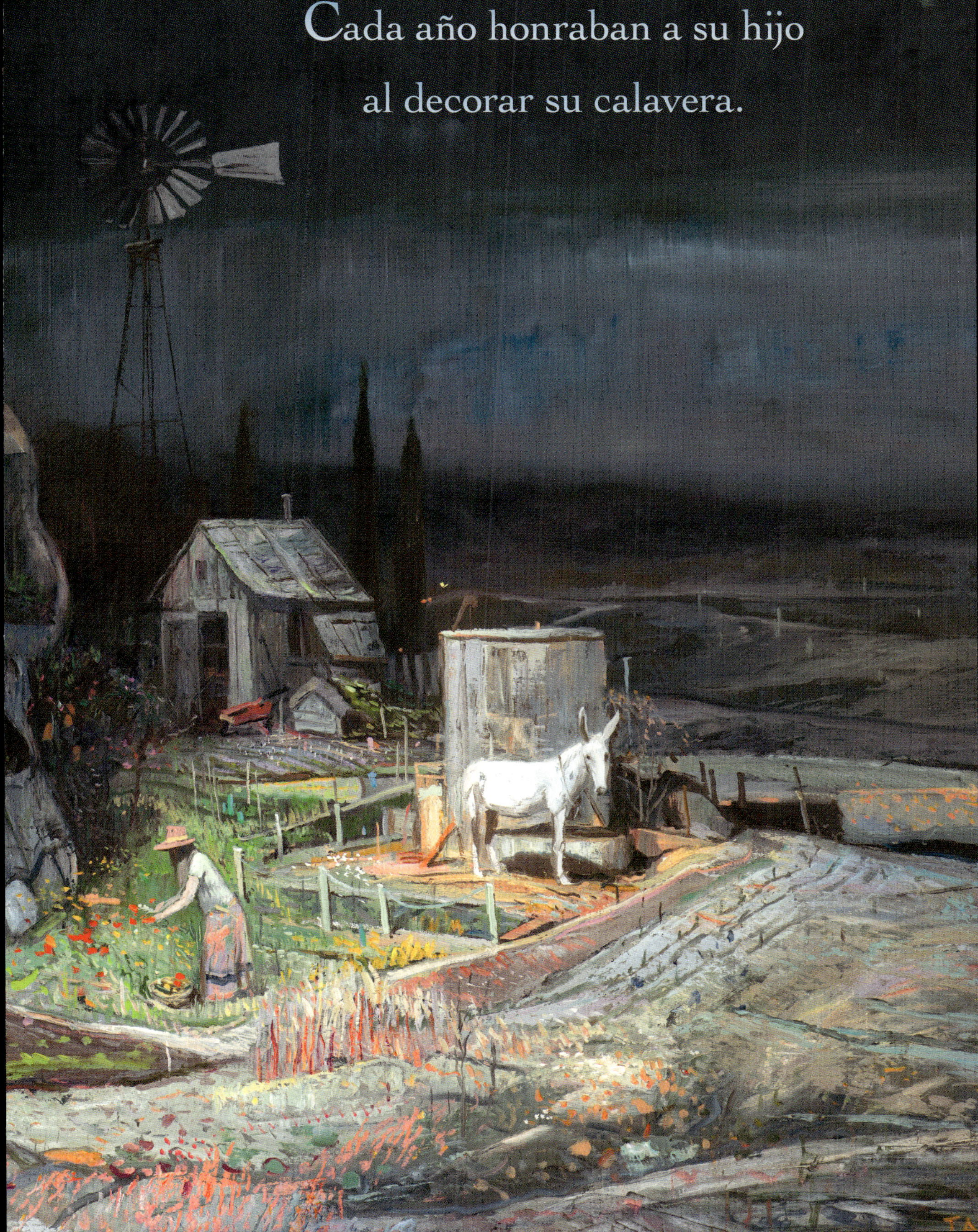

Cada año honraban a su hijo
al decorar su calavera.

Cómo desarrollar un cuento de diez palabras

Devolverle a un cuento de diez palabras su antiguo esplendor es una labor peligrosa que sólo los más valientes se atreven a emprender, así que he preparado un par de sencillos ejercicios para facilitarte la entrada a la gloriosa tarea de extender una historia. Toma un lápiz y una hoja de papel, apaga las luces, mantén a mano tu goma de borrar y comencemos…

Los piratas lanzan tres arpones más al costado del ovni.

- Intenta ilustrar este cuento de diez palabras por ti mismo.

- Imagina tu barco pirata en medio de las olas… ¿Cómo es el clima? ¿Acaso el barco lucha con enormes olas, o cuelgan las velas pues no se siente ni el más mínimo soplo de viento?

- El capitán timonea la nave mientras da órdenes a sus subalternos… ¿Cómo son los piratas? ¿Se parecen al famoso Barbanegra, con mechas de cañón humeantes trenzadas en su barba?
¿Tienen una pata de palo? ¿Un brazo de robot? ¿Un ojo de vidrio?

- ¿Cómo es tu ovni?
¿Tiene la forma tradicional de platillo volador?
Tal vez sea una luz en el cielo, o quizás una pirámide gigantesca.
¿Tiene ventanas por donde podamos ver a los extraterrestres?

Cierra los ojos y concéntrate en todos estos detalles. Entonces, cuando estés listo, saca tu lápiz, tu regla, tu tiza, tus pinturas, ¡o lo que sea que tengas a mano!, y dale vida a la historia.

Cuando la termines, ¿por qué no intentas dibujar alguno de los otros cuentos? Pero ten mucho cuidado. Me temo que alguna de estas historias podría... ¡morderte!

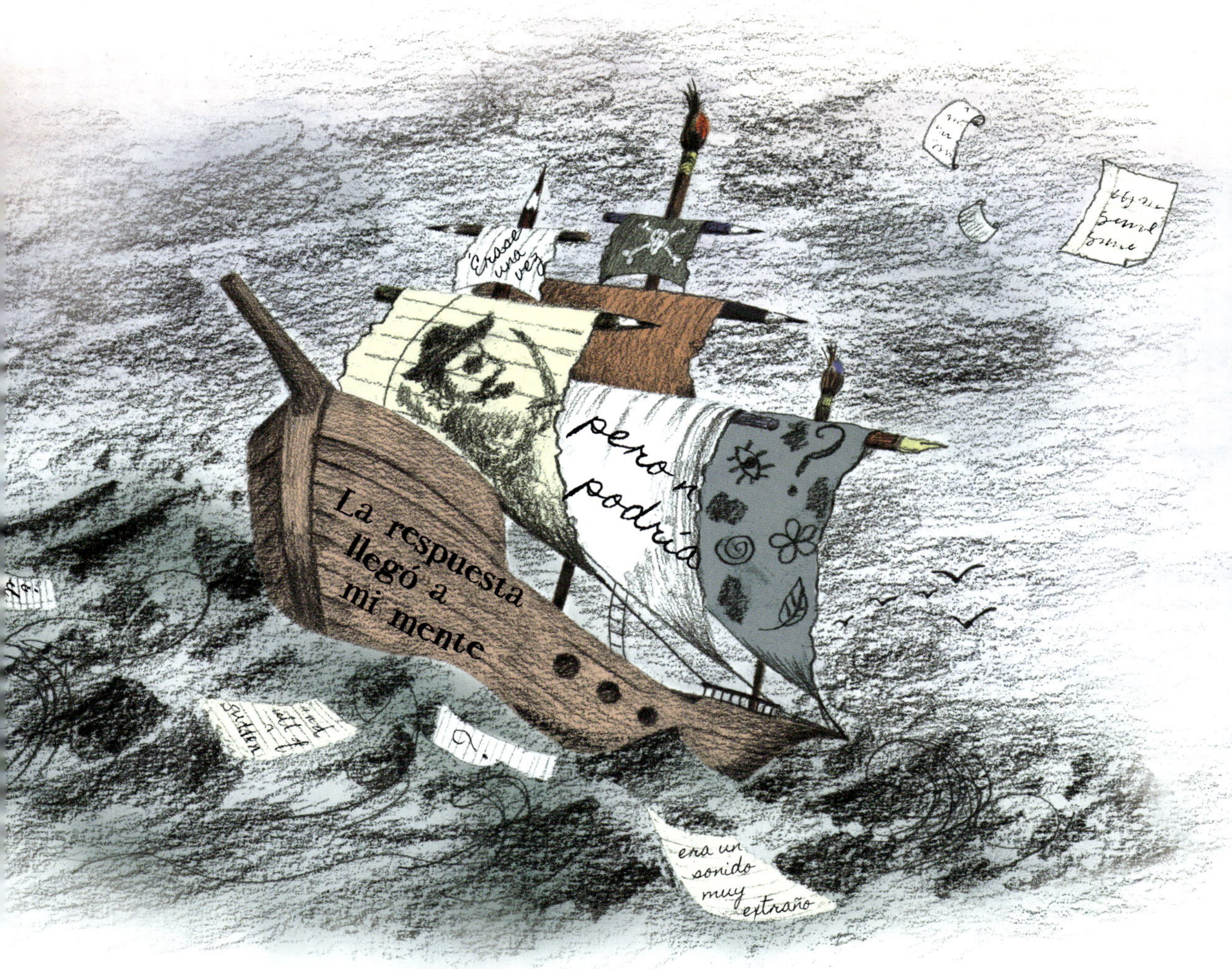

LLEVA A TU PLUMA DE PASEO

En este desafío, vas a escribir durante cinco minutos ¡sin parar!

Antes de empezar, escoge uno de los cuentos de diez palabras de este libro, cierra los ojos e imagina la escena. Si te resulta útil, incluso podrías dibujarla e incorporar todos los detalles que se te ocurran: piensa en los colores, en lo que ves, en lo que oyes.

Cuando estés listo para empezar tus cinco minutos de escritura ininterrumpida, comienza por copiar el cuento que hayas elegido: anótalo palabra por palabra y, luego, continúa. Observa qué palabras se te vienen a la cabeza. No te preocupes por la ortografía, ni te agobies si no tiene sentido. Si no sabes qué escribir, entonces anota: "No sé qué escribir". Y si terminas repitiendo las mismas palabras, ¡también está bien! La única regla es ¡NO TE DETENGAS!

Recuerda: desarrollar cuentos que vienen de otras dimensiones es una tarea difícil, así que me quito el sombrero ante ti por intentarlo, intrépido escritor. ¡Escríbelo todo, escribe cualquier cosa! ¡Las tonterías, lo extraño, lo insólito, lo aterrador! Tal vez te sorprenda lo fácil que resulta encontrarte en otra dimensión.

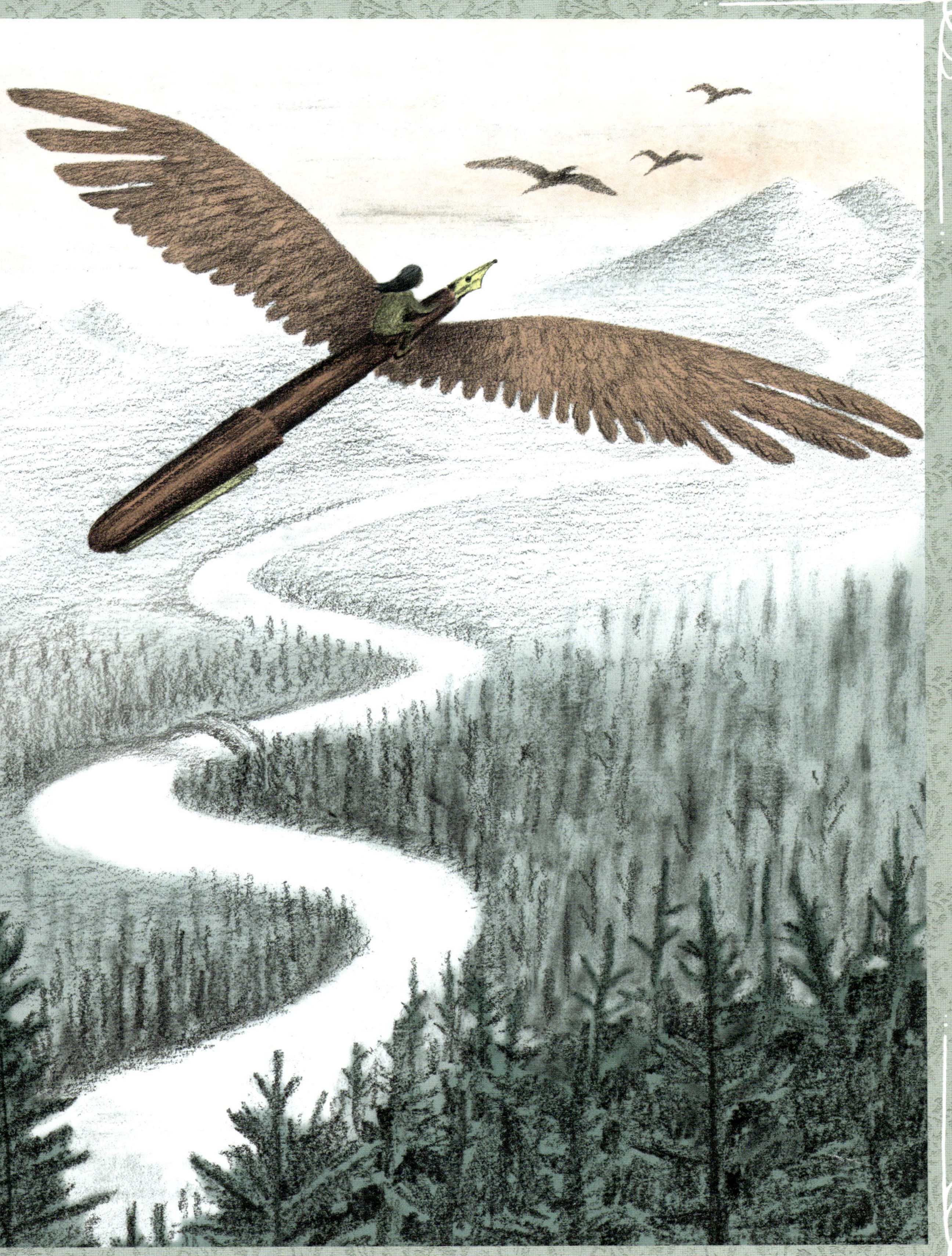

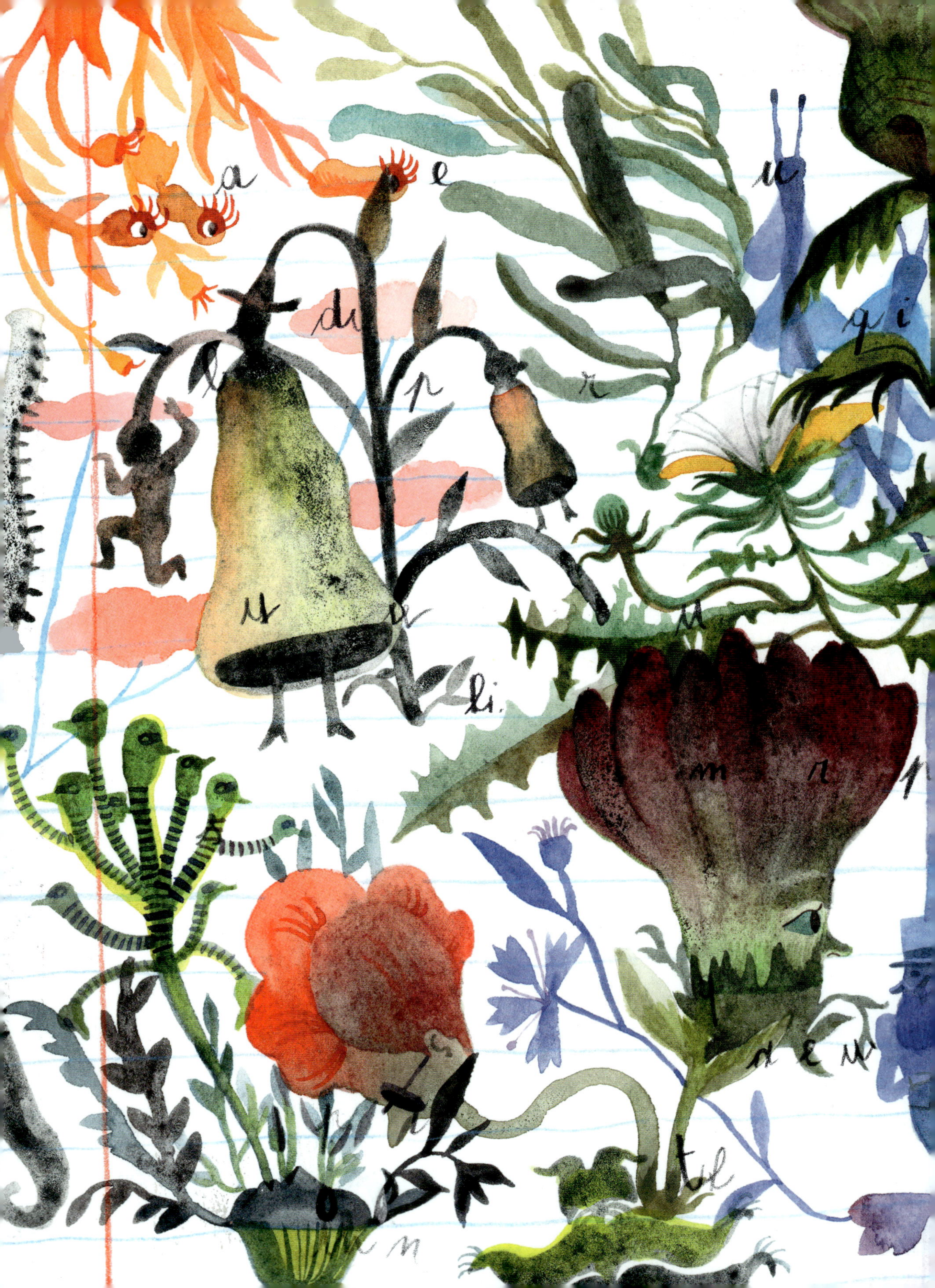